LINKE YIWEN JINGXUAN JI

克译文精选集

荷尔德林 等著

林克 译

西南交通大学出版社

·成都·

图书在版编目（ＣＩＰ）数据

林克译文精选集 /（德）荷尔德林等著；林克译
. —成都：西南交通大学出版社，2019.6
ISBN 978-7-5643-6851-7

Ⅰ . ①林… Ⅱ . ①荷… ②林… Ⅲ . ①诗集 – 德国
Ⅳ . ①I516.2

中国版本图书馆 CIP 数据核字（2019）第 080378 号

林克译文精选集

[德] 荷尔德林　等　著

　　林　克　译

责任编辑　武雅丽
封面设计　曹天擎
出版发行　西南交通大学出版社
　　　　　（四川省成都市金牛区二环路北一段 111 号
　　　　　西南交通大学创新大厦 21 楼）
发行部电话　028-87600564　87600533
邮政编码　610031
网址　http://www.xnjdcbs.com
印刷　四川煤田地质制图印刷厂
成品尺寸　146 mm×208 mm
印张　9.5
字数　132 千
版次　2019 年 6 月第 1 版
印次　2019 年 6 月第 1 次
书号　ISBN 978-7-5643-6851-7
定价　68.00 元

目　录

卷一　荷尔德林

荷尔德林（1770—1843）

德国诗人，古典浪漫派诗歌的先驱。有诗歌《自由颂歌》《人类颂歌》《致德国人》《为祖国而死》《日落》《梅农为狄奥提玛而哀叹》《漫游者》《爱琴海群岛》以及《莱茵河》等。

梅农为迪奥蒂玛悲歌

1

每天我都要出来，老是在寻找同伴，
我早已四处打听，没放过一条小径；
不管清凉的山峰，还是绿荫和流泉，
都留下我的足迹；灵魂上下求索，
渴望安宁；这中箭的兽又逃回树林，
平时的正午它在那暗处安全地憩息；
可是绿色的巢穴再不能安抚它的心，
哀号无眠，悲痛驱使它转来转去。
光的温暖和夜的清凉皆无助于它，
将伤口浸进河流的波浪也是徒劳。
就像大地枉然赐予神奇的草药，
任何微风止不住鲜血汨汨流淌，
我也是这样，亲爱的人们！仿佛是这样，
没人能从我额头抹掉这悲伤的梦？

2

是的！这也无济于事，死神呀！纵然

你们抓住他，牢牢擒住这个俘虏，

纵然恶魔把他带进阴森的黑夜，

他还会寻找，乞求，或者向你们发怒，

或者耐心地安居于魔力统治的国度，

含着微笑倾听你们干巴巴的歌谣。

若这样，就别想治愈创伤，悄悄睡去吧！

但你心中迸发出一个希望的声音，

你始终未能，哦，我的灵魂！对此你仍然

不能习惯；你会在铁实的长眠中梦想！

我没有节日，但我想用花环装饰鬈发；

我不是孤零零的吗？可是友谊定会

从远方飘然而至，我定会微笑并惊讶，

虽然深受痛苦，我怎能这般喜乐。

3

爱情之光呀！你是否也照耀死者，你，金光！

昔日的美景呀，你们也映照我的黑夜？

秀丽的花园，你们，晚霞映红的山峰，
欢迎你们，还有林苑沉默的小径，
天堂般幸福的见证，和你们，遥望的星辰，
那时你们常常赐予我祝福的目光！
你们，恋人，你们五月美丽的孩子，
静静的玫瑰，百合，我仍然时常呼唤！
春天快乐地远去，一年驱赶另一年，
交替着，争逐着，时光就这样呼啸而去，
掠过凡人的头顶，却留在极乐的目光前，
只有恋人，他们被赐予另一种生命。
因为这一切，星辰的日子和岁月，凝聚于
我们周围，迪奥蒂玛！深情而永恒。

4

可是我俩，亲密无间，似相爱的天鹅
栖息在湖边，或者，随波浪轻轻漂摇。
湖水像一面镜子，映出银色的云彩，
多美的一片蓝缓缓移向身后，可我俩
曾这样漫游大地。即使北风袭来，
那恋人之敌，制造悲歌，即使树叶
从枝头飘落，即使骤雨在风中飞旋，

我们平静地微笑，在绵绵情语之中
感觉到自己的神灵；只一首心灵之歌，
无比宁静地与自己相处，童真而快乐。
但如今家园荒芜，我的眼睛已经被
他们剜去，我失去了她也失去了自己。
因此我流浪四方，也许，我只能这样活，
像一个幽灵，余生对我已毫无意义。

5

我想欢庆；但为何，我想与人歌唱，
但这般孤独，找不到一个神灵相伴。
这正是我的缺陷，我知道，某个诅咒
因此麻痹了我的筋腱，将我抛向
我开始之处，我只好镇日枯坐，沉默
如童子，只是眼里还常常冷泪暗流。
原野的花卉，小鸟的啼鸣令我忧伤，
因为它们有欢乐，也是天国的使者，
但在我战栗的胸中，那给我生命的太阳
正枉自缓缓沉落，凄凉如夜的幽光，
啊！虚无空幻，仿佛监牢的石壁，天空
沉重的穹窿时时笼罩着我的头顶！

6

从前我不是这样！哦，青春，祈祷再不能
带回你，永远不能？再没有一条小径
引我归去？难道这也是我的命运，
像那些背弃神的人，也曾经两眼放光
坐在福乐的桌旁，但是很快餍足了，
那些狂热的客人，如今喑哑了，如今，
在风的歌声下，在鲜艳的大地下沉睡了，
直到奇迹的神力驱使他们，沉沦者，
再度归来，重新漫游在绿色的土地上。
神圣的风神性地拂荡那明亮的人，
当节日的旋律响起，爱的潮流涌动，
多亏苍天的雨露，河水滔滔奔流，
当地下隐隐响动，黑夜交出宝藏，
埋藏的金光又从溪水中熠熠闪耀。

7

可是你，哦，在分手的路旁，我为你失魂落魄，
你那时安慰我，指给我一条更美好的路，

你呀，曾默默鼓励我，教我探寻神迹，
更快乐地歌唱神灵，你自己静默如神；
神灵之子！你还会出现，像从前一样
问候我，告诉我，像从前一样，崇高的事体？
看呀！忍不住我为你哭泣悲诉，尽管
我的心为此羞愧，还念着更高贵的时代。
因为在大地晦暗的小径上，在迷惘之中，
我找你，对你难舍难分，已很久很久，
快乐的守护神！但徒劳无益，哦，光阴飞逝，
打从怀着预感看晚霞辉映我俩。

8

维持你，全凭你的光，哦，英雄！在光明之中，
你的忍耐，哦，善良的女人，爱你维持你；
你从不感到孤单，总是有许多游伴，
当你绽放并眠息于年的玫瑰花丛；
而天父，正是他，借温柔呵护的缪斯之口
为你送来柔和的摇篮曲。她依然如故！
是的！依然完美无缺，她悄悄走来，
像从前，浮现在我的眼前，雅典的女郎。
那模样！友好的精灵！从你遐思的前额

定有光沉入凡人之中并赐予幸福，
你也向我证明，还让我，因为别的人
跟我一样对此不相信，转告他们，
何必忧愁和愤懑，欢乐地久天长，
每日结束时总是一个金色的白日。

9

因此，天神呀！我仍愿感谢，快活的心灵
终于重新涌出歌者深情的祝祷。
像那时我与她并肩站在夕照的山峰，
神灵又向我言说，他在神庙里唤醒我。
我仍愿活下去！大地已泛绿！像发自圣琴
有个声音在召唤，从阿波罗的雪山！
快来吧！昨日像场梦！流血的翅膀终于
痊愈，所有的希望还活着，而且更年青。
为找到圣地，还有许多，有许多险阻，
谁这样爱过，就该走，就必走通向神的路。
陪伴我们吧，你们，神圣的时刻！你们，
庄严的年青的时刻！哦，留下吧，神圣的预感，
你们，虔诚的请求！和你们，激情及所有
喜欢留在恋人身边的善良的守护神；

请始终伴随我们，直到在共同的土地上
那里所有的福人已准备重返人间，
那里有雄鹰，星辰，还有天父的使者，
那里有缪斯，英雄和恋人也来自那里，
我俩在那里重逢，或在此，在化雪的小岛，
我们的同类，当春色满园，相聚在这里，
这里歌声真切，春天美丽更长久，
到那时我们灵魂的一年又重新开始。

还　乡

—— 致乡亲

1

阿尔卑斯山中仍然是明亮的夜，云雾，
写着欢快的诗，笼罩深深的山谷。
顽皮的山风呼啸并拂荡而去，一道光
忽然穿过冷杉林，随风儿一闪即逝。
那欢喜战栗的混沌争斗着，缓缓地赶急，
形象还幼小，但强悍，它喜欢爱的纷争

在岩下，在永恒的阻碍里酝酿，蹒跚，
因为早晨更狂放地莅临山间。
因为山中之年更无限地生长，神圣的
时辰，日子被拼接混合起来，更大胆。
但雷雨之鸟警觉时间，在群山之间，
它在高高的天空盘旋并召唤黎明。
这时山村也醒来，在深谷，跟高者很熟，
它无畏地从群峰之下仰望天空。
预感到成长，因为已飞流直下，似闪电，
古老的山泉，瀑布坠地水汽弥漫，
四周回音震荡，这不可估量的工场
日日夜夜手无闲时，将礼物发送。

2

拂晓时分银色的山巅静静地闪耀，
亮晃晃的雪峰已经开满了玫瑰。
而再往高处光明之上长住着那纯粹
极乐的神，陶醉于神圣霞光的游戏。
寂静地他独自栖居，他的面目明亮，
这位天神似乎很喜欢赐予生命，
与我们共创欢乐，每当他，懂得分寸，

懂得凡人，犹豫而怜惜，给城镇和家园
送来吉祥昌盛的福祉，温和的雨水，
以便开垦土地，笼罩的云层，和你们，
最亲切的风儿，还有你们，娇柔的春天，
并以缓慢的手让悲者重开笑颜，
当他更新季节，这创造之神，打动
并激活老去的人们那沉寂的心灵，
或者致力于下界，敞开并光芒四射，
如他之所爱，而现在一种生活又重新
开始，华美风靡如初，当下之灵
莅临，喜悦再度鼓满了羽翼。

3

我向他倾诉过许多，因为诗人的沉思
或歌唱大多是针对天使与他；
我也请求过许多，为我的祖国，以免
这神灵不请而至，突然侵袭我们；
为你们也求过许多，被他照顾的同胞，
神圣的感恩替你们含笑送回流亡者，
乡亲们！为你们，此时湖水轻轻摇动我，
舟子安然闲坐，庆幸如意的航程。

辽阔的湖面荡起一道喜乐的波浪

在风帆之下，此时晨光里面一座城

闪闪浮现，一片繁华，港口有船只眠息，

或是从朦胧的阿尔卑斯引航而来。

这里的湖岸温暖，开阔的山谷亲切，

小径照亮翠谷，美景又把我映照。

花园似星罗棋布，枝头蓓蕾初放，

小鸟的歌唱仿佛在邀请归来的游子。

一切都显得亲切，路人匆匆的问候

也像故友相逢，到处是亲人的神态。

4

有啥奇怪！这里是出生的地方，是故乡，

你要寻找的，已经很近，你就要见到。

这岂无缘由，像一个儿子，站在那碧波

荡漾的城前，携来歌声的游子，他在看，

在为你寻找慈爱的名字，幸福的林道！

这是本州岛的一道好客的门户，很诱人，

古道由此通向令人憧憬的远方，

那里有许多奇迹，还有那只神兽？

从高地泻入平原，莱茵河开辟险径，

山谷自峭壁蜿蜒伸展，好像在欢呼，
从那里进去，穿越绚丽的群山，可到达
科莫，或随着太阳，渡过平湖而下行；
可是我觉得你更诱人，神圣的门户！
回家，那里有熟悉的道路，铺满鲜花，
那里去故地重游，内卡河秀丽的山谷，
茫茫的林海，圣树的翠绿，那里橡树
喜欢与山毛榉为伴，与静悄悄的桦树，
那里还有个山岗令我流连忘返。

5

都在那迎接我。哦，故乡的声音，母亲的声音！
哦，被言中，被你唤醒了我曾经熟悉的一切！
但它们依然是那样！阳光和欢乐依然
为你们绽放，哦，最亲爱的！在眼中闪亮，
还是像从前。是的！一切如故！在繁荣，
在成熟，但凡是活着的，爱着的，无一忘掉
忠诚。但那最好的，古珍，在神圣和平的
彩虹之下，仍然为老老少少保藏着。
我在说傻话。这就是喜悦。但明天或将来，
若我们出去，欣赏郊外青青的田野

在花树丛中，在春天的节日里我还会
跟你们谈论许多，爱人们！并满怀希望。
我听见许多传言，有关伟大的天父，
却对他一直沉默，主宰于群山之上，
在高空他常为漫行的时间注入生机，
他即将赐予我们上天的礼物并唤起
更嘹亮的歌声，还派遣许多善良的精灵。
哦，别犹豫，来吧，你们维护者！年之天使！

6

还有你们，家之天使，快来吧！愿天神，
让万民欣喜，化入生命的每条血脉！
让万民高贵！年青！以便凡人的美好，
日之时辰无一缺失那些快活者，
以便这种喜悦，像此刻，恋人又相逢，
像理所当然，被适度赋予神圣的意义。
当我们为晚餐感恩，我能称呼谁，当我们
忙完一天去歇息，告诉我，我怎样感谢？
我可以称呼那高者？逾分的事情神灵
不喜欢，表达他，我们的喜乐几乎太小。
我们得时常沉默；神圣的名称阙如，

心儿在跳动，可是言语总是滞后？
但一曲弦乐给每个时辰配上音韵，
兴许可以取悦于正在临近的天神。
准备这个吧，于是那忧虑，一度浸入
欢乐之中，同时也几乎被平息。
忧虑，如这种，歌者必须，哪怕不愿意，
常常承担于心灵，但别人不必。

面饼和酒

——致海因策

1

四周街市已歇息；灯火的小巷渐渐安静，
装饰着火炬，马车呼啸而去。
饱含白日的欢乐人们回家去眠息，
一个精明人在家盘算赢利和蚀本
心满意足；繁忙的集市变得空荡荡
没有葡萄和鲜花，歇下了手的活计。
可是琴声从花园远远飘来；也许那里

一个恋人在拉琴或一个孤独的男人

怀念远方的朋友和青春岁月；还有喷泉，

不停地涌出，在芬芳的花坛边幽咽清吟。

暮沉沉的空中静静响起敲击的钟声，

惦记着时辰，一个更夫报出钟点。

现在风儿也来了，拂动树林的顶梢，

看呀！地球的伴友像幽灵，月亮此时

也悄悄到来；那沉醉的夜正在来临，

缀满了星星，大概很少为我们担忧，

在那里，令人惊奇的夜，人们中间的陌生者，

在群峰之上悲哀而壮丽地闪闪升起。

2

那崇高超拔者的恩宠是神奇的，没有谁

知道她来自何方，带给人什么际遇。

所以她打动世界和满怀希望的灵魂，

连智者也不明白她筹划什么，因为

那至高的神，他很爱你，喜欢这样；因此

深思熟虑的白昼，你觉得，比她更可爱。

但有时明亮的眼睛也喜爱阴影

并乐意尝试安眠，在必需之前，

或一个忠诚的男人也喜欢凝望黑夜，
是的，这是礼节，献给她花环和颂歌，
因为她已被奉为迷失者和死者之神，
自己却永存于最自由的精神之中。
但是她也必定，以便在踌躇的时刻，
在黑暗中有些可靠的为我们留存，
恩赐给我们遗忘和神圣迷醉的物事，
赐予滔滔的言语，当如恋人一般，
永不歇息，和更满的杯盏，更狂放的生命，
也有神圣的记忆，始终清醒在夜里。

3

也是无端地把心藏于胸怀，就是无端地，
师长和弟子，我们还鼓足勇气，因为谁
会阻挠此事，谁会禁止我们的欢乐？
神的火焰总是催人，在白天和夜晚，
启程。所以你来吧！好让我们看那开显的，
让我们寻找一个自己的，不管它多远。
有件事铁定不移；无论在正午还是
直到子夜，一种度始终存在，
为众生共有，但每一个也赋有自己的份，

每一个去向他所能去的地方。
因此！而极乐的癫狂喜欢反讽讽刺，
当它在神圣的夜里突然攫住歌手。
因此到伊斯特摩斯来吧！那里开阔的海呼啸于
帕耳那索斯山麓，雪闪闪覆盖得尔菲的悬崖，
到那里的奥林波斯山，在那里登客泰戎山顶，
去那云杉林中，葡萄园中，伊斯墨诺斯
从那里发源，下面有仙女，在卡德摩斯的领地，
莅临之神来自那里并回头指点。

4

福乐的希腊！你呀，所有天神的家园，
那么是真的，我们年少时听过的神话？
喜庆的大殿！地面是海！餐桌是群山
真的为唯一的风俗在太古建起来！
可是王座，在哪里？神庙，可哪里是杯盏，
盛满美酒，在哪里，取悦众神的颂歌？
哪里，哪里仍熠熠放光，远远应验的箴言？
得尔菲已沉睡，伟大的命运沉吟在哪里？
那迅急的在哪里？哪里，时刻充满幸福，
它又挟雷声从晴朗的天空袭向双目？

天父啊！这样的呼唤曾经口口相传
千遍万遍，没人能独自承受生命；
这财富令人喜悦，被分发并与陌生人交换，
正变成欢呼，言语的威力在沉睡中增长：
父亲！欢喜！不管传得多远，古老的口号，
被父母所继承，响彻大地，触击并创造。
因为天神是这样来临，他们的白昼是这样，
震撼人心，从阴影中降临到人们中间。

5

未被认清他们初来时，只有孩子们奋力
迎向他们，来得太明亮，幸福太炫目，
人畏惧他们，一个半神也几乎道不出
姓什名谁，那些持礼物靠近他的。
但他们勇气极大，他们的喜乐充满了
他的心灵，他几乎不会使用这财富，
创造着，挥霍着，不祥之物几乎变得神圣，
他以祝福的手去触摸，憨厚又善良。
天神对此尽可能忍耐；但随后他们自己
以真相走来，人们慢慢习惯于幸福
和白昼，打量那些显露者，那些神祇的

面孔，他们早已被称作一和一切，
如今使缄默的胸怀饱含自由的满足，
还初次和独自成全了一切心愿；
人就是这样；当财富在此，一位神亲自
以礼物关照他，他却认不得看不见。
他得承受，起初；但现在称之为至爱，
现在，对此的言语须产生，如花一般。

6

现在他开窍了，对极乐的诸神肃然起敬，
人人必须，真诚又真实，道出赞美。
谁也不许审视光，高者不喜欢这样，
随意尝试的言辞不宜送达天宇。
因此各个民族排成壮观的阵容
聚在一起，庄严地站在天神面前
并建造那些美丽的神庙和城池
坚固又高贵，它们耸立在海滨——
但他们在哪里？熟悉者繁荣在哪里，节日的
王冠？忒拜和雅典已凋敝；兵器不再
铿锵于奥林匹亚，竞赛的金车不再喧腾，
科林斯的航船就再也不装饰花环？

为何它们也沉默，神圣古老的戏剧？
为何连神授之舞也不欢欣？
为何神不在此人的前额打上标记，
不给被击中者，像从前，留下烙印？
抑或他也曾亲自到来，取人的形象，
完成并结束，留下安慰，天神的节日。

7

可是朋友！我们来得太迟。诸神虽活着，
但却在高高的头顶，在另一个世界。
他们在那里造化无穷，好像不在乎
我们的存亡，然而天神很爱护我们。
因为脆弱的容器并非总能盛下他们，
只是有时候人可以承受神的丰盈。
天神之梦从此就是生命。然而这迷惘
有益，如眠息，困厄和黑夜使人坚强，
直到英雄在钢铁摇篮里成长起来，
心已蓄满力量，如从前，与天神相像。
他们随即挟雷声降临。在此期间，我常常
思忖，长眠倒胜过这般苦无盟友，
这般守望，该做什么，在此期间说什么，

我不知道，贫乏的时代诗人何为？
但诗人就像，你说，酒神的神圣的祭司，
在神圣的夜里走遍故土他乡。

8

就是说，在很早以前，我们思念已久，
他们都升天而去，那些赐福予生命的，
当天父向人们背过他的脸去，
而笼罩大地的悲哀该当开始，
当一位沉静的守护神最后出现并赐予
天国的安慰，宣告白昼结束并消失，
天使合唱团那时便留下一些礼物，
以此昭示它曾经在此并还会再来，
这些礼物或可给我们，像从前，属人的欢乐，
因为在人们中间，更伟大的已变得太大，
而分享至高喜乐的强者，那与神同在的喜乐，
始终阙如，但一些感恩仍默默存活。
面饼是大地的果实，却也是光的恩赐，
葡萄酒的喜乐来自那雷鸣之神。
因此我们享用时也怀念天神，他们一度

在此并将在适当的时候归来，
因此歌手们也严肃地歌唱酒神，
并非臆造，颂歌为古老者响起。

9

是的！他们说得对，他使白昼与黑夜和解，
永远引导天穹的星辰沉落又升起，
始终快乐，像四季常青的云杉的树叶，
他所喜爱的，和他挑选的常春藤花环，
因为他留下来，亲自将诸神消遁的踪迹
为渎神者引下来，引至黑暗之中。
古人在歌中对上帝的孩子们所预言的，
看吧，那便是我们；那便是西国的果实！
神奇而准确，它仿佛已在人身上实现，
谁若去验证，谁准信！但许多事在发生，
无一奏效，因为我们无情，是幽灵，直到
我们的天父认出每一个并属于众人。
但在此期间作为挥动火炬者，至高者
之子，那叙利亚人降临到幽灵中间。
有福的智者看见了；从被缚的灵魂闪现出
一个微笑，他们的眼睛还为光而融化。

提坦更温柔地梦幻，沉睡于大地的怀抱，
就连妒忌的刻耳柏洛斯也醉饮并沉睡。

谁若去验证，谁准信！就是说神灵在家
不是在起始，不是在源头。故乡令他销魂，
爱垦殖，神灵便爱勇敢的遗忘。
我们的鲜花和树林的荫凉令他喜悦，
忍饥受渴者。赐予灵魂者险些被焚毁。
[末段 10-14 行变体—原德文版编注]

帕特默斯

——献给洪堡侯爵

神在近处
只是难以把握。
但有危险的地方，也有
拯救生长。
山鹰栖息在
幽暗里，阿尔卑斯山之子
无畏地越过深渊

从轻易搭成的桥上。
为此，因时间之巅峰
齐聚周遭，最亲的人们
相近而居，疲惫于
最隔离的群山，
请赐予纯洁的溪流，
哦，给我们双翼，忠贞不渝地
飞渡并复返。

我如此祈祷，那时一位神
突然劫持我，把我带出家门，
比我预料的还快，
又很遥远，我从来没想过
去那么远的地方。天刚刚亮，
当我行走时，故乡
朦胧的树林
和条条渴望的小溪
渐渐清晰；这些地方我从不认识；
但很快，映着清新的霞光，

无比神秘
在金色的雾幔里，
顷刻间长大，
随太阳的步伐，
以芳菲的千峰万壑。

小亚细亚向我绽放，射花了眼
我寻找曾经熟悉的一处，因为不习惯
那些宽宽的山道，那里金闪闪的
帕克托斯河
从特莫鲁斯山飞驰而下，
还有托罗斯和眉索基思山，
色彩绚丽的花园，
一团平静的火，可是阳光里
银雪临空怒放，
不朽生命之见证
在高不可攀的峭壁上
常春藤亘古地生长，活着的柱子，
一排排雪松和月桂支撑起
那些庄严的，

那些按神意建造的宫殿。

可是环绕着亚细亚的门户
许多无影的街道
向远方延伸并发出轰鸣
在大海不定的平原上，
可船夫熟悉这里的岛屿。
当我听说，
附近有一座小岛
是帕特莫斯，
我便情不自禁
想去那里停一停，
寻访那幽暗的岩洞。
因为不像塞浦路斯，
有许多泉水，也不像
其他任何岛屿
帕特莫斯乃神奇之地。

可是它却真的

很好客，家里
更寒碜，
要是因海难某个陌生人
来到它这里
或为故乡而悲叹
或为逝世的
朋友，它都喜欢倾听，它的孩子们
燠热的树丛的声音，
和泥沙落下时，土地
龟裂时的簌簌响动
它们倾听他，而他的悲声
又含着爱意重新响起。就这样它曾经
关照被神眷爱的
先知，他在有福的青年时代。

跟随过
至高者之子，难分难舍，因为
承当雷电者爱门徒之单纯
而细心的弟子也凝神
端详神的面容，

那时，在葡萄树的秘密时刻，
他们坐在一起，正当聚餐的时候，
在伟大的灵魂里，一种平静的预感，
主道出死与最后的爱，因为怎么也不够，
他言说善的话语，
那时候，而且教人开心，当他
目睹人世的愤懑。
因为一切皆善。随后他死去。对此
还有许多话可讲。最后朋友们还见到他，
露出胜利的目光，无上喜乐者。

但他们悲哀，这时
夜已降临，很惊异，
因为弟子们灵魂中大事已定，
可是他们热爱阳光下的
生命，他们不愿意舍弃
主的容貌和故乡。
这形象，如铁中之火，
已烙下深深印记，爱人的影子

游荡在他们身边。
因此为他们
他派来圣灵，霎时房屋
震撼，远方响起了惊雷，
上帝的狂飙卷过
预感的头颅，那一刻，心事沉沉，
死亡之英雄聚在一起，

现在，他告别
再次向他们显现。
因为现在太阳的白昼熄灭了，
国王的白昼，已自己毁弃
那直接照射的
王笏，这是神在受苦，
因为它还会再来
在适当的时间。恐怕不好，
往后的日子，和猝然中断，不忠实，
人的事业，而从现在起
这就是喜乐，
栖居在爱的夜里，以单纯的目光，

始终专注地守望
智慧之深渊。有生命的征象
也会发芽，变绿，在大山深处。

但可怕的是，上帝
驱散生者，去向无尽的天涯。
因为已经离弃
亲密朋友们的面孔，
又翻越重重山峦，独自
远行，而二人
一致，得见
天灵之面；并且这不曾被预言，而是
抓住他们的鬓发，当下，
当匆匆远去的神
突然向他们
回望而他们发誓，
想让他停住，像从此金闪闪
系于绳索
又咒恶魔，他们的手紧紧相握——

但如果他后来死去，
而美曾经
最依恋他，以致于此者身上
有一种奇迹，天神都用手
指着他，如果，彼此永远是个谜，
他们再不能彼此
理解，曾经共同生活在
记忆里，而且不只是泥土或
柳树被卷走，圣殿一样
被侵袭，如果半神
和他同类的荣耀
随风而去，就连至高者
也在天上
转过脸去，以至于
无处可见不朽者的踪影在天空或
绿色的大地，这是什么？

这是播种者的绝活，当他
用铁锹铲起麦种，

向着碧空，抛过晒坝，把种子扬净。
瘪壳落在他脚下，可是
实粒走到尽头，
这并不是坏事，若有些
走丢失，在言说之时
生动的话音渐渐消失，
因为神的工作也与我们的相仿，
至高者不求一切同时。
矿井固然有铁，
火山口有燃烧的松脂，
而我或有宝藏，
可以塑一个像，观照
基督，一如他之在。

但如果某人激励自己，
而我言语悲哀，在途中，那时我毫无防范，
仿佛遭到了袭击，我震惊，一个奴仆
想模仿神的形象——
有一次，显而易见，我看见
天主发怒，并非，我得是什么，而是

学习。他们很善良，但他们最憎恶的是，
只要他们还统治，虚伪，于是
人性在人们中间不再奏效。
因为他们不干预，但干预自有
不朽者的命运，他们的事业
自发运行，匆匆地赶至终结。
因为当天宇的凯旋之旅
行至更高，欢呼的至高者之子，
如太阳一般，将被强者们唤作

一个口号，这里是歌唱
之杖，向下挥动，
因为无一卑微。它唤醒
死者，尚未被凶神
捉住的死者。可许多
畏怯的眼睛盼望
重见光明。它们并不想
在强光里绽放，
虽有金灿灿的辔头保持勇气。

可是当，仿佛
被肿胀的褐色眼睛，
被世界所遗忘
源自圣经的静静闪光的力量归于取消，它们，
为恩典而欣喜，诚愿
修炼沉静的目光。

如果天神们现在
爱我，像我相信的那般，
那不知多爱你，
因为我很清楚，
永恒天父的意志
就是在乎你。
静静的，他的标志
在雷鸣的天空。有一位立在那下面
整整一生。因为基督还活着。
但是还有英雄，他的儿子们，
全部都来了，大地的作为
解释他的圣经
和闪电直到现在，

一场停不住的角逐。但他在场。因为他的事业
他全都明白从太古起。

太久，太久了，
天神的荣耀已不可见。
因为他们几乎不得不
牵我们的手而一种势力
正卑鄙地夺走我们的心。
因为天神个个都想要牺牲，
只要怠慢了某一个，
绝没有好下场。
我们服侍了大地母亲，
近来也服侍了阳光，
不知道，天父最爱的，
他主宰一切，
却是守护恒定的经文，
以及完好地解释恒在的事体。
德意志的歌必当遵从。

追　忆

东北风吹拂，
这是我最喜爱的
风，因为它把火热的激情
和吉利的远航允诺给水手。
快去吧现在，去问候
美丽的加龙河，
和波尔多的花园
那里，沿着陡峭的河岸
小径蜿蜒，溪水深深地
泻入激流，但小溪的上面
眺望着高贵的一对
橡树和银白杨。

那一切仍在我记忆中，榆树林
怎样垂下宽宽的
树梢，荫蔽着磨坊，
庭院里却长着一棵无花果树。

在喜庆的日子
褐色的女人走过那里
走在绒绒的草地上，
三月的季节，
当昼夜一般长短，
条条缓慢的小径上，
驮负着太多金色的梦幻，
春风绵绵诱人入睡。

但愿有谁，
溢满暗淡的光泽，
递给我一只香醇的酒盏，
好让我安眠；因为在这片
绿荫里小憩似乎很甜。
这样不好，
为易朽的思想失魂落魄。但真的美好
一次谈话并且诉说
心中的情意，倾听许多
爱的日子，
和曾经发生的事情。

但朋友们现在何方？贝拉明
和他的同伴？有人
心怀畏怯，去源头探寻；
而宝藏可以说源于
大海。他们，
好比画师，去远方搜集
大地的美物而不厌
那鼓翼的征战，和
孤独地栖歇，长年，在那
树叶脱落的桅杆下，那里都市的节日
不曾照彻黑夜，
也没有弦乐和自己家乡的舞蹈。

但如今那些男子汉
已启航去印度，
在那在信风的海角
在葡萄园山麓，那里
多尔多涅河奔流而下，
与壮丽的加龙河汇合
海一样宽阔

滔滔涌向大海。但海洋
夺去又给予记忆，
爱情也勉力让目光凝望，
但那永存的，皆由诗人创立。

卷二　诺瓦利斯

诺瓦利斯（1772—1801）

德国浪漫主义诗人。

他的抒情诗代表作有《圣歌》（1799），《夜颂》（1800）等。他还写过长篇小说《海因里希·冯·奥弗特丁根》，书中以蓝花作为浪漫主义的憧憬的象征，非常著名。他也因此被誉为"蓝花诗人"。

夜颂

第一首颂歌

面对自己周围的辽阔空间的一切神奇现象，哪个有活力、有感觉天赋的人不爱这赏心悦目的光——连同它的色彩、它的辐射和波动；它那柔和的无所不在，即唤醒的白昼。像生命的最内在的灵魂一样呼吸它的，是永不休止的天体的恢宏世界，并且遨游在它那蓝色的潮水里——还有闪亮的长眠的岩石，沉思的吮吸的植物和野性的狂热的形形色色的动物——但是莫过于那个庄严的异乡人，有着深邃的目光、飘逸的步容和轻轻抿住的浅吟低唱的嘴唇。犹如尘寰的一位君王，光令每种力量呈现无穷的变化，结成并解散无数的联盟，让它那天堂般的形象笼罩一切尘世之物。——唯独它的亲在展示出世间各王国的美景奇观。

　　我朝下转向神圣、隐秘、难以名状的夜。这世界很偏僻——沉在一个深渊里——它的地盘荒凉而寂寞。深深的悲情拂动着心弦。我欲化为露珠沉坠下去并与骨灰混合。——遥远的回忆、青春的心愿、童年的梦幻、漫长人生的短暂欢乐和注定落空的希望披着灰蒙蒙的衣衫纷至沓来，像日落后的暮霭。光已在别的空间搭起欢情的篷帐。难道它永远不再到它那些怀着无罪的信念守候它的孩子们身边？

　　是什么充满预感突然从心下涌出，吞灭了悲情的软风？你竟然喜欢我们，幽暗的夜？你在你的袍子里藏着什么，虽然看不见却震动我的灵魂？珍贵的香膏从你手中、从那束罂粟花上滴落。你托起心灵的沉重翅膀。我们觉得受了感动，是一种朦胧的感觉，难以形容——我惊喜地窥见一张端庄的脸，它温柔虔诚地垂向我，在无限缠绕的鬈发中露出母亲妩媚的青春。现在我觉得光多么贫乏和幼稚——白昼的离别多么令人喜悦，简直是一种恩惠。看来只因黑夜会使你的仆人们疏远你，你才在广袤的空间播下了闪亮的星球，好宣告你的全能——你的复归——在你远离的岁月里。但那些无限的眼睛，仿佛比闪耀的星辰更神奇，是黑夜在我们心中开启的。它们能看到最模糊的繁星之外——无须光亮即可望穿一颗挚爱的心灵的深底——这便使一个更高的空间充满不可言说的情欲。请赞美宇宙的女王，神圣世界的崇高的报道者，极乐的爱的守护者——是她为我送来你——温柔的爱人——黑夜的迷人的太阳，如今我醒来——因为我属于你即属于我——你宣告了夜是我的生命——你使我成为人——请以亡灵之火燃尽我的肉身，好让我像空气一样与你更亲密地融合，好让新婚之夜从此永久延续。

第二首颂歌

早晨总是要复返？尘世的势力永无尽时？繁杂的俗事妨害了夜的绝妙的飞临。爱的秘密牺牲从不永远燃烧？光的时间已被限定；夜的统治却超越了时空。——永恒的是睡眠的延续。神圣的睡眠——总会给献身于夜的人们带来慰藉，他们日复一日在世上操劳。只有愚人才错识你，不知道

睡眠是你怀着悲悯投向我们的阴影，在真实的夜
的那片暮霭中。他们感觉不到你在金色的葡萄潮
里——在巴旦杏的魔油和棕色的罂粟汁里。他们
不知道，是你团团浮荡于娇柔少女的酥胸，使怀
腹成了天堂——也没有预感到，你正从古老的历
史向我们走来，将天堂打开，还带着福人之家的
钥匙，无限奥秘的沉寂的使者。

第三首颂歌

从前，当我流淌着辛酸的泪水，当我的希望化
为乌有，只剩下痛苦，我孤零零地站在凋敝的墓
旁，它把我生命的形象埋藏在那狭窄幽暗的空间
里——没有哪个孤独者这般孤独，被无法形容的恐
惧所驱使——耗尽了力量，唯余悲苦的念头。——当
我就这样四处搜寻救星，进退两难，怀着无限的
渴望把那飞逝的熄灭的生命眷念——这时从蓝色
的远方——从我昔日的福乐之高空——一片暮霭
骤然降临——霎时断裂了诞生的脐带——光的束
缚。尘世的荣耀消遁，我的哀伤随之而去——悲
情汇入一个深不可测的新世界——夜之魔力，天

堂之眠，你征服了我。——那个地方缓缓升起；
在它的上方飘浮着我那解脱的新生的灵。坟冢化
为烟尘——透过烟尘我看见爱人神化的面容。她
的目光里栖息着永恒——我握住她的双手，泪珠
连成了一条亮晶晶的拽不断的带子。千年万载向
下涌入远方，恍若风暴。贴着她的脖颈我为这新
生哭出了欣喜的泪水。——这是第一个也是唯一
的梦——从那以后，我才感觉到永恒的永不改变
的信念：对夜之天堂和这天堂之光，我的爱人。

第四首颂歌

现在我知道，最后的早晨何时来临——光何时
不再驱逐夜和爱——小憩何时变得永恒，何时只
有一个永不枯竭的梦。我心中感觉到一种天堂般
的困倦。——去那圣墓的朝圣之旅曾经那么遥远，
使我疲惫，十字架沉重不堪。晶莹的波浪，非寻
常的感官所能听见，涌入坟冢幽暗的腹中，尘世
的潮水在坟脚冒出。谁品尝过那波浪，谁曾经站
在这世界的分水岭上，遥望那崭新的国度，夜的
居处——真的，他就不会再回到熙熙攘攘的尘世，

再回到光所居住的那个永不安宁的国度。

　　他会在那上面给自己搭起草棚，宁静的草棚，他会期望会爱，向远方遥望，直到一切时辰中最受欢迎的那个时辰将他向下引入发源之泉——尘世之物浮向上面，又被风暴送回，但凡是受爱的感触而变得神圣的，都将溶化并以隐秘的步骤流到彼岸的领域，在此像芳香一样同入睡的爱人们混合。活泼的光，你仍在催唤这昏昏欲睡的人儿去工作——仍为我输入快活的生命——可是你无法将我引离长满苔藓的回忆的碑柱。我乐意活动勤劳的双手，处处留意你需要我的地方——赞叹你的光芒绚丽多彩——不懈地关注你的艺术品呈现的美丽的关联——乐意观察你那威武而闪耀的时钟的意味深长的步伐——探索各种力量的均衡和无数空间及其时间的神奇游戏的规则。但是我隐秘的心始终忠实于夜，以及创造的爱，夜的女儿。你能向我展示一颗忠贞不渝的心吗？你的太阳能认出我的含情的目光吗？你的星星会握住我这只祈求的手吗？会再次给我温柔的拥抱和甜蜜的爱语吗？是你用色彩和浅浅的轮廓装饰了它——或反

倒是它赋予你的修饰以更崇高更亲切的含义？你
的生命提供了哪种快感、哪种享乐，或可抵偿死
亡的狂喜？凡是令我们沉醉的不都带有夜的色
调？它像母亲一样驮负你，你的荣耀全都归功于
它。你会消散在你自身之中——你会湮灭在无尽
的空间，倘若它不阻止你，拘束你，使你变暖、
燃烧并繁衍世界。真的，在你存在之前，我已存
在——母亲派遣我来，同我的兄弟姊妹一道寄居
在你的世界，以爱使它神圣，盼望它成为一座永
远被瞻仰的纪念碑——给它种上永不凋谢的鲜
花。还尚未成熟，这些神的念头。——我们的启
示的迹印还很稀少。——你的时钟终将指到时间
的终点，一旦你变得像我们之中的一员，满怀渴
望和激情熄灭并死去。我心中感觉到你的差役的
终结——天堂的自由，极乐的返归。在锥心蚀骨
的痛苦中，我发觉你远离我们的故乡，你抗拒古老
而美妙的天堂。你的愤怒和咆哮是徒劳的。竖立的
十字架不可焚毁——我们这一族的胜利旗帜。

我去彼岸朝圣，
每一个苦难

迟早总有一天
把情欲点燃。
还有一点时间，
我就要离去，
我就要沉醉于
爱的怀腹里。
我浑身翻涌着
无限的生命，
我俯瞰人世间，
想把你找寻。
你的光熄灭在
那座坟墓边——
一个幽灵送来
清凉的花环。
哦！吻我吧，情郎，
莫把嘴松开，
好让我能入睡，
还能把你爱。
死亡之潮为我
把青春输入，
我的血正化为

香膏和醇酒——
在白天我活得
虔诚而坚毅，
怀着神圣的激情
夜里我死去。

第五首颂歌

很久以前有一种铁定的命运以无声的权势主宰
着遍布全球的人类各氏族。一条黑暗而沉重的带子
缠绕着人类畏怯的灵魂。——大地无边无际——这
里是诸神的居处和人类的故乡。大地的神秘建设
由来已久。在朝霞映红的群峰之上，在大海神圣
的怀腹里栖居着太阳，点燃一切的活灵灵的光。
一个古老的巨人驮负着喜乐的世界。大地母亲最
早的儿子们都死死压在群山之下，他们对新兴的
庄严的神族及其亲属——快乐的人类——怀着毁
灭的怒火，但又无可奈何。大海那幽暗碧绿的深底
是一位女神的怀腹。淫乐的一族在那些水晶洞里尽
情享受。河流、树木、花卉和鸟兽都有人类的情欲。
注满了可见的青春，酒的滋味愈加甜美——一个男

神生长在葡萄丛中——一个爱恋的母亲般的女神
生长在茂盛的金黄的欧蓍草中——爱情的神圣的
迷醉即最美丽的神妇的一桩美差——天堂的孩子
们和大地的子民的一个永远绚丽的节日陶醉了生
命，像一个春天，穿越了数百年。——所有的族
类幼稚地崇拜温柔的千姿百态的火焰，世界的至
尊。唯有一个念头，一个可怕的幻影：

它阴森地飘向欢腾的宴席，
让无边的恐怖笼罩了心灵。
就连诸神也拿不出主意，
如何使惊慌的心恢复平静。
这恶魔的门道十分诡秘，
祈求和祭品难止其狂性；
这就是死亡，将这场喜宴
用恐惧、痛苦和泪水打断。

那一切，以甜美的情欲令人心醉，
如今却永远同它们分手，
被离弃的爱人依然在尘世
徒劳地期待，痛苦地守候，

仿佛只留下残梦让死者回忆，
仿佛他只好无望地追求。
在那无限烦恼的礁石上
彻底粉碎了享乐的波浪。

人类以崇高的欲火和无畏的灵
替自己美化那狰狞的假面，
温柔的少年熄了灯，安然就寝——
轻柔的终结，像琴声飘散。
民谣也这样歌吟伤心的索命，
回忆融入幽灵的凉泉。
但永恒的夜终是无解之谜，
远方的势力的严峻标志。

古老的世界垂向终点。人类童年的乐园凋散
了——不再幼稚的成长中的人类竭力攀入更自由
的荒芜的空间。诸神及其追随者消失了——大自
然空旷寂寥，了无生机。干瘪的数字和严格的规
范用铁链将它束缚起来。像化为尘埃和云烟，不
可估量的生命之花蜕化为模糊的言语。终于消遁
了，那召唤神灵的信仰，和那位天堂的女友——想

象，她转化一切并使一切亲密无间。寒冷的北风无情地刮过僵硬的原野，僵化的神奇故乡消散在太空里。天的远方充满了闪光的世界。这世界的灵魂带着自己的势力迁入更深的圣地，更高的情感空间——在那里统治，直到破晓的世界荣耀在此降临。光不再是诸神的居处和天堂的标志——诸神已披上夜的罩衣。夜成了天启的劲健的怀腹——诸神回归其中——蒙眬入睡，以便以新的更庄严的形象复出并降临这面目全非的世界。有一个民族最受歧视，它过于早熟，对天真无邪的童年已全然无知，在这个民族中新世界出现了，它的面目谁也没见过。——在那诗意的贫寒草棚里——第一个童贞女和母亲的儿子——神秘拥抱的无限的果实。手捧鲜花的东方先知最先发觉新时代的开始。——一颗星星引他们来到这个王的卑贱的摇篮前。以遥远的未来的名义他们向他朝拜，奉上光和香，大自然最美妙的奇迹。这天国之心孤独地成长为全能的爱的一个花萼——转向天父那高贵的脸并安息在端庄迷人的母亲那为预感而幸福的怀抱里。开花的孩子那预言的目光含着深情的慈爱瞭望未来的日子，巡视他所爱的人们，他的神族的后裔，并不为他这一生在尘世的命运担忧。
那些最单纯的人们，被真挚的爱感动得如痴如醉，
很快聚集在他的周围。像花儿一样一个新的陌生
的生命萌发在他身边。永不枯竭的话语和最可喜
的福音像一个神圣的幽灵的火花从他亲切的嘴唇
迸发出来。有一位歌手，诞生于古希腊的晴空之
下，从遥远的海岸来到巴勒斯坦并将他整个的心
献给这个神童：

你就是那位少年，从远古到今朝
在我们的坟头冥想沉思；
黑暗之中带来希望的路标——
更崇高的人类欢乐的开始。
令我们伤悲的，也将我们引导，
怀着甜美的渴望脱离尘世。
永恒的生命在死亡中彰显，
你是死，你才使我们强健。

　　歌手满怀喜悦地前往印度斯坦 (Indostan) ——天
国之心沉醉于甜蜜的爱；在那片柔和的天空下，
歌手以火热的歌声倾诉这颗心，于是有一千颗心为

之倾倒，福音长出了一千根枝条。歌手离别之后，这珍贵的生命很快成了人类沉沦的牺牲。——他死得很年轻，他被夺走了，离开了他热爱的世界、恸哭的母亲和他那些胆怯的朋友们。他迷人的嘴饮尽了盛满不可言状的痛苦的幽暗的圣餐杯。——新世界诞生的时刻在极度的恐惧中临近了。他跟古老的死亡的恐怖殊死较量。——旧世界沉重地压在他身上。他再一次亲切地朝母亲望去——这时永恒的爱伸出了拯救之手——他渐渐睡去。几天后一片厚厚的暮霭垂到波涛汹涌的大海上，垂到震颤的陆地上——他所爱的人们洒下了无尽的泪水。——秘密被揭开了——天国的灵掀开了幽暗的坟墓上那太古的岩石。天使们坐在沉睡者身旁——他是用自己的梦轻柔合成的。——在诸神的新的荣耀中醒来，他登上新生的世界的高峰，将旧世界的尸体亲手埋入被遗弃的洞穴，用全能的手将巨人也举不起的岩石盖在上面。

你的爱人们今天仍在你的墓旁抛洒喜悦的泪水，感动和无限感激的泪水——仍始终惊喜地看见你复活——看见自己跟你在一起；看见你含着甜甜的深情在母亲幸福的怀中哭泣，庄重地同朋友们漫步，谈话，你的话像是从生命树上采下的果实；看见你满怀渴望投入天父的怀抱，带着年轻的人类和金色未来的永远饮不尽的杯盏。母亲当时紧紧追随你——在天堂的凯旋中——在新的故乡她是第一个在你身边。

　　漫长的岁月过去了，在愈加崇高的光芒里你的新造物开始活动——成千上万的人们满怀信仰、渴望和忠诚，从痛苦和悲伤中踏上了你的道路——正同你和童贞玛利亚一道在爱的王国里朝圣——在天国的死亡圣殿里侍奉你并永远属于你。

墓石已被掀去——
人类终于复活——
我们始终属于你，
铁链已经解脱。
在那最后的晚餐，
多亏你的金樽，
驱散最深的忧患，
当大地和生命沉沦。
死神邀请赴婚礼——

灯盏点得亮堂——
贞女已全部到齐，
灯油也满满当当——
远方传来了歌声，
仿佛你就要来临，
星星也召唤我们，
好像用人的嗓音！

千万颗心，玛利亚，
正向着你飞去。
陷入这惨淡的生涯，
它们只渴求你。
它们希望痊愈，
靠充满预感的欢情——
请你让它们，圣母，
紧贴你忠贞的心。

有些人怀着渴望
在苦难中耗尽自己，
告别了栖身的地方，
终于把你皈依；

当我们陷入困境，
或可向他们求助——
快去把他们找寻，
好在天国长驻。

谁相信爱即痛苦，
便不在墓旁哭泣。
爱的迷人的财富
终归要被夺去——
抑制爱者的相思，
夜使他灵魂欢欣——
忠实的天堂的孩子
会守护他的心灵。

生命便放心大胆
奔向那永恒的生命；
靠内在的激情提炼
欲念变得纯净。
星系也终将化为
金色的生命之酒，
我们将汇入星系，

成为闪亮的星斗。

爱已自由地献出，
从此再没有分离。
充盈的生命的激流
像大海无尽的潮汐。
只一个喜乐的夜——
一段永恒的诗章——
上帝神圣的形象
是那万众的太阳。

第六首颂歌　渴望死亡

赶快坠入大地的深底，
远离光明的国度，
痛苦的怒吼和疯狂的撞击
是欢快的启程的信号。
我们驾起一只小船
迅速抵达天堂的港湾。

向我们赞美永恒的安眠，

赞美永恒的夜。
白昼也许使我们温暖，
但悲愁使心灵凋谢。
异乡的欢情已告结束，
我们要回家去看望天父。

我们的爱和我们的忠心
在尘世有什么用途。
古老的事物已无人垂青，
新的又有何益处？
哦，注定要忧伤，注定要孤独，
谁若痴心热爱远古。

远古，那时以崇高的火焰
情欲明净地燃烧，
那时人们还能够分辨
天父的手和容貌。
心胸高洁，禀性单纯，
还有人酷似自己的原型。

远古，那时最古老的氏族

还依然繁荣辉煌，
那些向往天国的孩子
还渴求痛苦和死亡。
纵情享乐虽令人陶醉，
有的心却甘愿为爱而破碎。

远古，那时连上帝也常常
在青春的激情中显身，
在挚爱中为早早的死亡
献出他甜美的生命。
他心中仍有恐惧和伤悲，
好让人觉得他愈加可贵。

既向往又紧张，我们发现远古
笼罩在幽暗的夜里，
炽热的渴望永难满足，
若时光仍在流逝。
我们一定要返回故乡，
好把那神圣的时代瞻仰。

还有什么挡住我们的归程，

至爱的人们早已安息。
他们的坟墓结束了我们的人生，
如今我们惶恐而悲戚。
我们再没有什么可寻求——
心已餍足——世界空虚。

甜美的战栗穿过我们的躯体
神秘而源源不尽——
我觉得从幽深的远方响起
我们的悲情的回音。
爱人们仿佛也满怀期冀，
向我们发出渴望的讯息。

沉坠吧，向着甜美的新妇，
向着爱人耶稣——
深情的恋人，忧伤的信徒
正安然隐入夜幕。
一个梦解开我们的镣铐，
让我们沉入天父的怀抱。

卷三　里尔克

里尔克〔1875—1926〕

奥地利著名诗人。早期代表作为《生活与诗歌》（1894）、《梦幻》（1897）、《耶稣降临节》（1898）等；成熟期的代表作有《祈祷书》（1905）、《新诗集》（1907）、《新诗续集》（1908）及《杜伊诺哀歌》（1922）和《致俄耳甫斯的十四行诗》（1923）等。此外，里尔克还有长篇小说《马尔特手记》

新诗续集（节选）

远古的阿波罗残躯

我们没见过他的头，也无人听闻，
脸上眼珠成熟，像苹果一般。
但他的残躯似烛台闪烁至今，
透出他的目光，只是已收敛，

依然闪亮。否则胸部的肌肉
不可能令你目眩，一丝微笑
不可能从悄悄扭动的腰
滑向那承担生殖的中枢。

否则双肩透明的垂落之下
这站立的石头丑陋，粗短，
不会像兽皮那么耀眼

也不会每条边缘灼灼喷发，
像恒星：因为它从每个角落
看着你。你必须改变你的生活。

克里特的阿尔忒弥斯

丘陵之风：她的额头
不像是一个光亮的物品？
轻快的动物那光滑的逆风，
你塑造她：刻画她的裙服

紧贴无知无觉的乳房
如一种预感变幻莫测？
正当她，仿佛知道一切，
朝着最遥远之物，撩起的裙装

凉爽，同仙女和猎犬一道，
背着箭囊，挽着弯弓
冲进那坚硬的高高荒原

只有时被陌生的村落所传召
并屈服于，虽气势汹汹，
那为了分娩的叫喊。

勒达

当那位无计可施的神撞见天鹅时，
他居然也惊讶，发现它魅力无穷；
他消失在它体内，迷迷醉醉。
但他的骗术已使他采取行动。

虽然这不曾尝试的存在之感觉
他尚未检验。而那亮开的仙女
已从天鹅身上认出了来者
并已知道：他只求一处。

那一处，她虽抗拒却迷迷醉醉，
她再也不能掩蔽。于是他下来，
被那只益发软弱的手搂住脖子。

并放纵自己进入他的至爱。
他此时才欣然发觉他的羽衣，
真的变成了天鹅在她的怀腹里。

塞壬之岛

当他向来拜访他的客人们，
很晚了，四周暮色笼罩，
既然他们问起危险的航程，
静静地讲述时：他压根没料到

他们何等惊恐并转换话题
以何其突兀的言语，好同他一样
看见蓝蓝平静下来的大海里
那些岛屿给镀上一层金光。

这景色却使得危险骤变；
因为此时它不再潜伏于
平时蛰居的惊涛骇浪间。

悄无声息它袭向水手

他们知道，那些金色岛屿上
有时候会飘来歌声——，
于是盲目地拼命划桨，
好像被寂静

所环绕，这寂静将整个旷远
纳入自身并在耳旁飘荡，
仿佛它的另外一面
便是那不可抗拒的歌唱。

恋人之死

他只知道那人人皆知的死：
它抓人，把人驱入哑寂之域。
可当她，不是被它劫持，
不，只从他眼中轻轻散去

滑向彼岸那些陌生的幽灵，
当他察觉，他们现在拥有

她那少女的微笑像月的光影，
又以他们的方式默默安抚

就连死人也变得格外熟悉，
仿佛他通过死者与每个人
结下了亲缘，别人的言辞

他听却不信，他称那个国度
永远甜美，恍若仙境——
更替她踏遍每一方冥土。

一个女巫

从前，古时候，人们说她老了。
可是她长驻并每天走过
同一条街道。人们改变了尺度，
以百年计，于是把她算作

一片森林。但每个傍晚
她都站在同一个落角，
黑乎乎像座古老的城堡

高耸而空洞并已烤焦

那些咒语，在心中越积越多
不由自主也不可阻挡，
始终环绕她飘飞并喊叫，
而那些个，又已回到她身旁，
却阴森地坐在她的眉骨下，
已为今夜准备好了。

押沙龙的背叛

他们用闪电升起它们：
发自号角的风暴正鼓起
丝绸的，有宽宽波浪的军旗。
被火光映照出威严的那位
在高大敞开的帐篷里，
四周围着欢呼的子民，
享有十个女人

她们（习惯于渐渐衰老的亲王　有节制的夜晚和作为）
在他的渴求下

翻涌如夏天的麦穗。

随后他出来见他的士师，
雄风丝毫未减，
而每一个靠近他的人
都被他的光刺瞎了眼。

他也这样引领众军
像一颗星辰为年引路；
在所有的长矛之上
他温暖的长发飘拂，
这长发连头盔也盖不住，
有时候会使他厌恶，
因为它们这般沉重
超过他最华丽的衣服。

国王曾经命令
一定要爱护美女。
但人们看见他掉了
头盔在危急的时候
将最凶恶的莽汉

一刀刀砍成一段段
红色的碎尸。
然后久久无人知悉
他的情况，直到突然
有人叫起来：在那后面
他挂在笃蓐香树上，
眉毛高高翘起。

这已是足够的引示。
像一个猎手，约押
发现了长发——：一根倾斜
扭曲的树枝：那里挂着他。
约押刺穿了那长条的悲叹者，
而给他背刀的卫兵
洞穿了此人全身。

以斯帖

婢女们花了七天从她的长发中
梳尽了她的忧伤的尘埃
和她的悲苦的残渣和沉淀，

又托起长发在露天里晾晒
并以纯正的香料来滋养它们
还是在这几天：但随后那时辰

已经到来，那时她，并非必须，
也本无期限，像个死人一样
走进那洞开而透出杀气的宫殿，
好立刻，被她的侍女抬在肩上，
在她的路的尽头见到那一位，
谁靠近他，就会死在他身旁。

他熠熠放光，于是她也感觉到
她头上王冠的红宝石突然闪亮；
她迅速让他的神情充塞自己
如一个容器并已满满当当

并且再也盛不下国王的威力，
此时她尚未走过第三间殿堂，
四壁皆是孔雀石，一片碧绿
蓦地朝她涌来。她未曾料想，

得走这么久，身上有这么多珠宝，
它们愈加沉重因国王的照耀
而且寒冷因她的恐惧。她走呀走——

当她终于看见他，几乎从近处，
斜躺在他那电气石的王座上，
摊成一大堆，真的像一个器物。

右边的那个宫女上前来接待
这没了力气的人儿，扶她坐下去。
他用他的节杖的尖端触摸她：
……而她心里明白这并非挑逗。

末日审判

这般惊恐，像他们从未惊恐过，
乱套了，常常散架了，窟窿满身，
在他们田野上爆裂的褚石里蹲着，
他们绝不可以从他们的浴巾

他们喜欢上的，分离开来。

但是天使莅临，好将油
滴入干枯的关节之臼，
好将那一件物事放在

每个人腋窝里，他不曾亵渎它，
当他的生命还充满喧哗；
因为在那里它还有一点温暖，

不至于凉着上帝之手，
当他轻轻从每个方面
触摸它，以感觉它管用与否。

炼金术士

古怪地嘲笑着，这实验员将烧瓶
推开，冒着烟虽已平静许多。
他现在知道，他还需要什么，
以便那十分尊贵的结晶

在里面形成。他需要许多时代，
若干千年为自己和这个头颅，

里面在沸腾；脑子里有星宿
而在意识里至少有大海。

对这非凡之物他梦寐以求，
今夜他要释放它，让它复归于
上帝和自己古老的样态

而他却，像一个醉汉喃喃自语，
躺在保密书柜上并渴望那一块
黄金——终于被他占有。

黄金

试想它不存在：它必须最终
在大山里面形成矿苗
并且在江河里沉淀下来——
由于他们意志的发酵

由于欲念；由于这种强迫观念：
一种矿石竟高于一切矿石。
他们一再从自己心中

抛出米罗厄（Meroë），远远抛至

大地的边缘，抛入太空，
超出已曾经验的之外；
而儿子们后来有时候
把父辈所预言之物，
锻炼和蹂躏过的，带回家来

在那里它养一阵伤，好随即
离开亏蚀金钱的人，
它从不喜欢他们。
只是在最后一夜（人们说）
它下床来打量他们。

埃及的玛利亚

自从她当初，床一般热，身为妓女
逃过约旦河并只给人畅饮
那颗纯粹的永恒之心，
就像给出一个坟墓

她早早的献身便日益增长成
这样一种伟大，什么也止不住，
以致她最终，如人人永恒的裸露，
以渐渐泛黄的象牙之身

躺在那里，躺在枯发的头皮屑里。
一只狮子转着圈；一个老头
向它招手，叫它助一臂之力：
（于是他俩一起掘土）

老头把她放进坑去。
而狮子，如像捧着族徽，
蹲在旁边并捧着岩石。

复活者

直到临死他始终未能
拒不接受或者否定：
她为她的爱感到自豪；
她扑倒在十字架跟前，
痛苦之衣裳此时缀满

她的爱的最大的珍宝。

可当她后来，为给他涂圣油，
走到坟前，满脸的泪珠，
他复活，因为她的缘故，
他想更极乐地告诉她：不——

回到草棚里她才醒悟，
最终——他的死使她坚强，
他那样拒绝圣油的安抚，
不准她有动情之预感，

是为了把她造就成一个爱者——
不再迷恋自己的情人，
因为她，被狂飙席卷而去，
必将超越他的声音。

圣母颂

她爬上山来，已很吃力，几乎
不相信什么安慰，希望或办法；

可此时那位德高望重的孕妇
诚挚而自豪地迎向她

并知道一切，虽然她未告诉她，
这时她突然靠着她歇一歇；
两个有身子的女人小心扶持着，
直到年轻的说道：我感觉

仿佛我，爱，从现在起永远存在。
富人们虚荣，但几乎一眼不看，
上帝便洒掉他们的微光；
可他细心寻找一个婆娘
并给她注满他最遥远的时间。

于是他找到我。你好好考虑吧；为了我
发出号令从星宿到星宿——。

要颂扬并抬举，我的灵魂呀，
这般高如你所能：这位主。

亚　当

他惊奇地站在这座大教堂
陡直的上升旁，靠近窗棂的玫瑰，
仿佛震惊于自己的名望，
它一直增长并且一下子

使他君临衮衮诸王之上。
他耸立并如此欢喜：他的不朽
早已一锤定音；他成了农夫，
创始的，而且他不知道，怎样

从那座圆满却已结束的伊甸园
找到一条出路，引他进入
新大地。上帝难以说服

而且他一再，非但不予成全，
威胁他，说他必定死去。
可是人赓续：她将会分娩。

夏　娃

紧贴窗棂的玫瑰，单纯地站立，
靠近教堂伟大的趋升，
手执苹果并以苹果的姿势，
无辜却有罪，一次即铸定

站在她分娩的胎儿身边，
自从她怀着爱最终走出
永恒的界域，好历尽险阻
穿越大地，像幼稚的一年。

啊，她多想在那个国度
再逗留一时半晌，
欣赏鸟兽的理智与和睦。

但既然决定委身于亚当，
她便跟随他追求死亡；
她几乎不识上帝的模样。

疯　子

他们沉默，因为他们的知觉中
隔膜已经消除，
而他们难以被人理解的时辰
正开始并缓缓逝去。

常常在夜里，当他们走到窗前：
突然一切皆美好。
他们的双手放在实物里，
而心灵崇高并或可祈祷，
憩息的目光落到

出乎意料的，常常走了样的
花园上，这宁静的方块地
在陌生世界的反光中
继续生长并永不消失。

陌生的家庭

就像尘埃，以某种方式开始却不在
任何一处，为了不可解释的目的
在一个空空的早晨在一个正有人
打量的角落，飞快凝结成一团浅灰

他们也这样形成于，谁知道由什么，
你的脚步前面在最后一刻时
而且是巷子潮湿的沉淀物中间
某种隐隐约约的东西

它正盼望你。或者不是盼望你。
因为一个声音，像是从去年发出，
虽然对你歌唱却变成一种恸哭；
还有一只手，像是从哪里借来，
虽然探出来却并不握住你的手。
究竟谁还会来？这四人将谁期待？

清洗尸体

她们已经习惯他了。可是
当厨房的灯来了，在昏暗的气流里
不平静地燃烧，这个陌生者
倒格外陌生。她们洗他的脖子

因为对他的命运一无所知，
她们便替他另外编造一段，
继续洗下去。一个不得不咳嗽，
于是好一会儿让沉重的醋酸海绵

搭在脸上。这时另一个也正好
歇一口气。那把硬硬的毛刷
有水珠滴答；与此同时他的手，
攥紧而吓人，似欲向整座房屋
表示，他真的已经不渴啦。

他表示。她们好像有些害臊，

随一声短短的咳嗽现在赶紧
忙活起来，于是在糊墙纸上
沉默的图案里她们弯曲的身影

盘绕并辗转像是在一张网里，
直到清洗的工作即将完成。
没有帘子的窗棂里的黑夜
肆无忌惮。而一个无名之人
平躺着，赤裸而洁净，并昭示法令。

盲　人

—— 巴黎

看呀，他行走并中断这都市——
并不存在于他昏暗的位置，
像一道昏暗的裂缝划过
明亮的瓷杯。又像一张纸

事物的反光描在他身上；
但是他并不接受。就只有

他的感觉在活动，仿佛
在捕捉微波里的宇宙

一种寂静，一种抗力——，
尔后他好像等待着选择谁：
献出自己他举起他的手，
近乎喜庆，似欲婚配。

一个枯萎的女人

轻轻的，好像是在她死后
她戴上手套披上沙帔。
从她的五斗橱飘出的芳香
早已驱散了那亲切的气味

从前她以此辨认自己。
如今这问题已不再考虑，
她是谁（一个远方的亲戚），
她常在沉思中走来走去

并照料一个腼腆的房间，

打扫，清理又爱惜，
因为也许同一个少女
还总是住在那里。

班　子

——巴黎

仿佛某人迅速采编了一束花：
偶然也匆忙整理着这些脸，
弄松它们又重新压得更紧，
抓住俩远的，放开一个近的

拿这个换那个，把某一个吹醒，
从一片混杂中抛出一只狗如野草，
把显得偏低的那个的头往前拽，
好像穿过乱纷纷的花茎和花瓣

再把它捆扎在边缘毫不显眼；
并再次伸展，做出改变和调整
并且正好有时间，为了察看

往回跳到垫子中间，垫子上
那个肥胖的，摆动钟锤的汉子
随即使他的沉重膨胀起来。

黑　猫

一个幽灵还是像某一处，在那里
你的目光跟一种声响碰撞；
但是在这里，你最顽强的注视
被溶化，在这片黑色的皮毛上：

像一个疯子大发狂暴，跺脚
跺进了黑暗之中，一刹那
在一间小室那消气的软垫上
终于消停并蒸发。

就是说，每一次射向它的目光，
它似乎全都收藏在自己身上，
好冲着它们，既恼怒又恐吓，

瑟瑟发抖，并与其共眠。
但突然它好像惊醒过来，
转过视线正对着你的视线：
这时候在它圆圆的眼珠
那黄黄的龙涎香里，不可思议，
你又碰上你的目光：被裹住
就像一只绝了种的虫子。

剧院的楼厅

——那不勒斯

被楼厅上部的狭窄
像被一名画师所安排，
又像被编扎成一束
正在衰老的脸，椭圆形，
夜晚里清晰，她们看起来
更完美，更感人，好似永恒。

这些相互依仗的姐妹，
仿佛她们正从远处

没有盼头地相互盼望，
相倚相靠，孤独靠着孤独

而哥哥保持庄重的沉默，
饱经风霜，显得老到，
却被一个柔和的瞬间
暗中跟母亲做了个比较

而在他们之间，早就跟谁
都不相像，脸长而老朽，
一个老妪的假面，落落寡合，
像在坠落中被那只手

止住了，可是第二张假面
更枯萎，仿佛它继续滑行，
挂在下面那些衣服前

那张童子脸的旁边，
最后这一张，苍白的脸色，
试图又被栏杆划掉
像还不可确定，还不可揣测。

风　景

好像最后，在一个瞬间
堆积而成古老重霄的断片，
山坡，房屋和毁坏的桥拱，
并从那边而来，好像被命运，
好像被夕阳沉落所击中，
被控告，被撕裂，豁然敞开——
那地方仿佛正以悲剧告终

不是一下子沉入伤口，在里面
洇散，出自下一个时辰
那一滴清凉的蓝，
已将夜色掺入黄昏，
于是那从远处被点燃的伤口
慢慢熄灭如救赎。

大门和圆拱处处宁静，
透明的云彩波动

在一排排房屋之上，
房屋将昏暗吸入自身之中；
但突然有一道光从月亮
划过，闪亮，好像在某处
一位大天使把剑拔出。

罗马远郊的低地

起自高楼林立的都市，它宁肯
睡去并梦想高处的矿泉浴场，
这笔直的坟墓之路进入激狂；
而最后的农庄那一扇扇窗门

以一种凶恶的眼光目送它远去。
它们一直紧贴在它的后颈，
当它远去并摧毁，无论左右，
直到它在远方紧张地召唤神灵

并且将它的空虚升向重霄，
匆匆地东张西望，看是否还有
窗门加害于它。当它挥手

要那道长长的水管桥过来相聚，
重霄便赠予它，以此作为回报，
自己的空虚——比它活得更久。

大海之歌

——卡普里岛，皮科拉-马里纳

大海亘古的吹拂，
夜里的海风：
你不是来把谁拜晤；
若有未眠人，
他须思忖，他怎样
把你经受：
大海亘古的吹拂，
这风儿好像
只吹向古老的山峦，
从远处
携来纯粹的空间……

哦，头上月光里
坐果的无花果树
又怎样感受你。

鹦鹉公园

—— 巴 黎 植 物 园

在开花的土耳其椴树下，在草坪边缘，
在笼中，笼子被它们的乡愁轻轻摇荡，
长尾鹦鹉呼吸着并知道它们的故乡，
即使它们望不见，始终不会改变。

陌生地在忙碌的绿色中如一次检阅，
它们矫揉造作，觉得自己太可惜，
并以珍贵的喙，出自碧玉和翡翠，
咀嚼灰色物，觉得它乏味并将它乱撒。

下面灰暗的鸽子正将不好吃的剔出，

而上面幸灾乐祸的鸟儿相互鞠躬
在两个几乎挥霍一空的料槽之间

但随后又摇摆，张望并睡眼惺忪，
玩弄嘴里阴暗的，喜欢撒谎的舌头，
拿脚上的套环消遣。只盼着谁来看。

肖像

但愿她那些巨大的痛苦
无一从放弃的脸上脱落，
慢慢穿过悲剧，她带着
她的美貌那枯萎的花束，
梦幻般捆扎，几乎已松开；
偶尔有一个失落的微笑，
如一朵晚香玉，倦慵地掉出来。

她在那上面镇静地逝去，
倦慵，双手美丽而盲目，
它们找不到它，它们清楚——

她念着虚构的故事，故事中
命运踌躇，想要的，不知哪一种，
她将她心灵的意义赋予它，
于是它爆发好像它不平凡：
好像一块石头的呼喊——

而她呢，以高高抬起的下巴，
让所有这些言语再次发出，
并非永久的；因为这一切无一
符合那种悲苦的真实，
符合它唯一的所有物，
这一个，如一件无脚的容器，
她必须高高捧起，超出
夜晚的进程和声誉。

威尼斯的晚秋

这座城已不再漂浮，像鱼饵一般
捕捉所有冒出水面的白昼。
更沙哑的声音从玻璃宫殿
触及你的目光。夏天的残躯

探出花园，像一堆木偶
疲倦，被杀害，头朝前。
但是从地下从老树林的骷髅
升起了意志：仿佛一夜之间

那海军上将一声号令，
集结的战船定能翻番，
好让船队给翌日的晨风

涂上焦油，于是桨橹挥动，
百舸竞发，一面面军旗浮现，
突然遇上风暴，辉煌，沉沦。

一个总督

外国使者看见了，他们怎样
吝惜他和他所做的一切；
他们激励他趋向高尚，
也以更多的限制者和间谍

围困金灿灿的总督官职，
唯恐那权力，是他们特别小心
在他身上（如人们饲养狮子）
培养的，哪一天危害他们。

但是他，被他半遮蔽的知觉保护，
对此却未觉察并日复一日
愈加高尚。他内心里的权欲

参议会认为必须加以抑制，
他自己抑制了。它已被战胜
在他的白头里：他的脸已表明。

斗　牛

——纪念蒙特斯，1830

打从它，还没长大，逃出
公牛的围栏，受惊的耳目，

并好像在游戏中接受了
长矛骑士的倔强和皮带钩

这暴烈的形象便底气十足——
看呀：由黑色的旧恨新仇
堆积出一副什么样的躯体，
脑袋也攥成了一个拳头

不再是冲着某个人游戏，
不：它挺起流血的钩形脖颈，
在被砍掉的双角后面，
知道并一贯冲着那人

裹在金黄及粉红偏淡紫的绸子里，
他突然掉头并让这惊愕者，
像一群蜜蜂而他仿佛
正受到攻击，从他的胳膊下

穿过去——而它的目光再一次
热切地抬起，可随意环视，
仿佛外面那圈子闪现出来

从那目光的闪亮和昏暗中，
从它眼睛的每一次眨动中

在他镇定地，没有敌意地，
靠着他自己，泰然地，随意地
将他的剑几乎轻柔地沉入
因这失手的一刺而再度
滚滚涌来的巨浪之中。

唐璜的选择

那天使威胁地走近他：为我完全
准备好吧。这就是我的指令。
因为有个人超越那些人，
他们使最亲爱的从她们那一方
感到悲苦，他为我所需要。
虽然你能够爱得稍好，
（别打断我：你误会了）
可你在燃烧，而经书上写道，
你要将许多人引向
孤独，它有这样一条

幽深的入口。让她们
进来吧，我指派给你的人，
以便她们在成长中经受
埃洛伊兹并压过她的呼叫声。

圣格奥尔格

她一整夜都在呼唤他，
这位处女跪倒在地，
虚弱而警醒：看呀，这条龙，
我不知道，它为何不睡。

这时他骑着棕黄马突破拂晓，
熠熠闪亮铁铠和甲胄，
他看见她悲伤而痴迷地
从跪拜朝上望去

望见那团光，那便是他。
而他似一道光纵贯高原
举着双手朝下疾速
奔入昭然的危险

太可怕，她却祈求他救命。
她愈加跪倒地跪倒，紧紧
使双手十指交叉：愿他获胜；
因为她不知道，此人非常人

她的心，纯洁而又坚贞，
正将他从神灵护送之光中
拽下来。在他搏斗的身旁
立着她的祷告，如塔尖高耸。

阳台上的女士

突然她，被风包裹着，光亮地
步入光亮，像特地被挑出，
而此时卧室像在她身后
挪过来塞满了门户

昏暗像一件宝石首饰的衬底，
这首饰让一道光透过边缘；

你觉得还不到傍晚，在她
走出来之前，以便她悠然

将自己的什么搁上栏杆，
双手——以便格外轻盈：
仿佛被那一排排房顶
递给天空，为一切而动情。

相遇在栗子树林荫大道上

他被入口那一片绿色幽暗
清凉如一袭丝绸袍子所笼罩
他还是披上并理顺：此时正好
在另一个透明的尽头，很远

从绿色阳光中，像是从绿玻璃中，
白白的有一个孤单的形象
突然闪亮，似欲久久停顿
并最终——洒下来的强光
每一步都流过它全身

将身上的一种光亮变幻驮过来，
这变幻在淡黄色中胆怯地退去。
但是阴影一下子变得深厚，
而临近的双眼已经打开

在一张脸上，又新又清晰，
这张脸在一幅肖像上逗留
片刻，而此时两人又分手：
先渐行渐远，随后彼此消失。

玫瑰内部

对于这种内，哪里是一种外？
人们将这样的亚麻布
放到哪种痛苦上？
哪些天宇在此中映出
在这些敞开的玫瑰，
这些无忧的玫瑰的
内湖里，瞧这里：
它们怎样松散地躺在
松散物中，一只颤抖的手

似乎绝不会倾洒它们。
它们几乎不能够
保持下去；许多让自己
被充得满满的
并从内空间溢出
进入日子，日子合上自己
越来越丰满，
直到整个夏天化为
一个房间，一个梦中的房间。

镜前的女人

像是给安眠酒加上香料
她把她的倦容轻轻
溶入清澈如水的明镜；
再投进她全部的微笑。

她等待水面慢慢升涨；
然后又把一头长发
浇入镜中，秀美的肩胛
耸出晚礼服，她从这镜像

静静地饮。她饮沉醉时
情郎啜饮的酒浆，
审视着，心里充满怀疑

当镜底映出壁柜，烛光
和迟暮时的阴郁，
她才向侍女挥了挥手。

乘车抵达

这一摆动可是在马车的弯转中？
它可是在目光中，某人以此目光
将巴洛克的天使雕像，充满回忆
立在田野上蓝色的钟声里

接纳并保持并又留下，直到
徐徐关闭的城堡公园围着行驶
挤过去，贴着它漫步，笼罩着它
并突然释放它：因为大门在那里

此时大门，仿佛召唤过它，
迫使长长的正面拐了个弯，
拐弯后它停立。有一道闪光

滑下玻璃门；而一只灵猩
随门开窜出，它那靠近的两肋
被平坦的台阶托着下来。

红鹳

——巴黎植物园

在此镜像中（如弗拉戈纳尔的笔墨）
却并未将它们的白和它们的红
给出比某人告诉你的更多，
当他说到他的女友：她始终

睡眠般柔和。因它们升入绿色
并站定，在粉红茎秆上轻盈旋转，

在一起，开着花，仿佛流连花坛，
比弗吕娜更诱惑，她们诱惑

自己；直到它们将眼睛的灰白
盘颈藏入自己的侧腹，
那里面黑和果红隐隐透出。

突然有忌妒尖叫穿过鸟宅；
而它们伸展开来，吃了一惊，
并各自步入幻想之境。

拐　骗

孩提时她常常避开婢女们
（因为她们内心迥然不同）
只为在自己开始之时
到外面去看黑夜和寒风

但没有一个暴风雨的夜晚
将巨大的公园撕成这样的碎片，
如同眼下她的良心撕碎他，

他正从柔滑的梯子上搂住她
并把她扛走，走呀，走呀……

直到马车便是一切。

她闻到了它，漆黑的马车，
围着它捕猎屏息站定
以及危险。
她发觉车里的衬布冰冷；
而她心里也漆黑又冰冷。
她缩进大衣的领子里，
摸一摸头发，好像还在头上，
并陌生地听见一个陌生人说：
我在你身旁。

族徽

盾牌像一面镜子，远方的它承受
并纳入自身之中，悄无声息；

从前是敞开的，于是吞噬
那些存在物

的一幅镜像，它们隐居于
氏族的遥远处，这绝非臆想，
也吞噬氏族的事物和真实之镜像
（右边的在左，左边的在右）

这一切镜子都承认，说出并展示。
那上面，以荣耀和暗淡作装潢，
眠息着缩短的面甲头盔

翼翅的宝石则高高在上，
而那副面甲，像充满愤慨，
激动而华丽地倾跌下来。

孤独者

不：该拿我的心造一座塔楼
而我自己被立在它的边缘：
那里没别的，除了一次痛苦

和不可言说，除了一次尘寰。

除了超大物之中的一个孤独物，
它变得阴暗复又变得光荣，
除了一张最后的，渴望的脸
被逐入那永不可满足的之中

除了一张最外在的石头脸，
顺从于自己内在的重量，
旷远静静地毁灭它，迫使它
越来越喜乐欢畅。

苹果园

——博尔格毕花园

太阳落山后就赶紧来吧，
来看那草地的傍晚之绿；
可不是吗，仿佛我们早已
在心中将它收藏和积蓄

只为此时从感觉和回忆中，
从新的希望，半已忘却的欢乐中，
还混合着内心深处的幽暗，
将它随思绪撒入这一片朦胧

撒入似乎是丢勒的树木中，
它们承载着饱满的果实里
一百多个工作日的分量，
服侍着，充满耐心并尝试

这超过一切限度的分量
还可以怎样提升和奉献，
若某人情愿，以漫长的一生
生长并沉默并只要这一件。

皮球

你，圆形物，它将出自两只手的温暖
在飞行中，在上面交出，无忧无虑
像是它自己的；那无法在物体中
留存的，对它们而言太无重负

太少的物，却仍是足够的物，
以免从一切外部排列物身上
突然不可见地传入我们心中：
它已传入你心中，你，沉落或飞翔

尚未决定者：此者，当它上升时，
仿佛它已将二者一同升上去，
引诱并释放抛掷——转向并中止
并突然从上面给游戏者们
指出一个新的位置，
将他们排列成一个舞蹈造型

好随后，为众人所等待和期盼，
迅速，简单，无技巧，纯自然，
归于高高的手掌之盘。

狗

那上面由目光构成的世界图像

不断被更新而且有效。
只有时，很隐秘，一个物露相，
来到它身旁——当它奋力穿过

这图像，并同它一样低下，别异；
未被逐出也未被纳入，
犹豫之间它把自己的真实
献给渐渐淡忘的画图

以便把它的脸嵌入其中，
一次又一次，似已明白，
几乎是乞求，差不多认同，
但又放弃：因为它似乎不存在。

灵光中的佛

一切中心之中心，核之核，
封闭的愈加甜蜜的杏仁——
这万有直至万千星子
是你的果肉：向你致敬。

瞧，你好像觉得已了无牵挂；
你的皮壳在无限里面，
那里积蓄着浓缩的果汁。
靠什么滋养？外面的光焰！

因为高天上你那些太阳
饱满，灼热，正在回转。
但在你心中，那比恒星
更恒久的已有了开端。

挽 歌

——为沃尔夫伯爵·封·卡尔克洛伊特而作

写于1908年11月4和5日

巴黎

我真的从未见过你吗？我觉得心灵
如此沉重因为你，像因为过于沉重的
开端，人们将其推迟。但愿我能开始
讲述你，死者就是你；你情愿的，
你狂热的死者。这个真使你
如此轻松像你所料想的，抑或
不再生存却还远离死之存在？
你误以为可以更好地占有在那里，
在没人看重占有的地方。你觉得，
在那边你仿佛在内部在风景之中，
它像这里的一幅画总在你眼前发生，
而你仿佛从内部而来，进入心上人
并穿过一切离去，强烈而震荡。
哦，但愿你现在不要对这个错觉，
缘于你那孩子气的迷误，耿耿于怀。
但愿你，溶化在一股忧郁的急流中
并已着迷，只还有一半的意识，
在环绕遥远的星辰的运动中
找到那种欢乐，你已将它从这里
移置到你那些梦幻的死亡存在中。
你曾何其近，亲爱的，在这里靠近它。

它曾何其以这里为家，你想要的那个，
你艰辛地渴望的庄重的欢乐。
当你，对幸福和不幸感到失望，
钻入自身之中并带着一种认识
艰难地上来，在你那个神秘的
发掘物的重量下险些破碎：
那时你驮着它，它，你没有认出的，
你驮着那欢乐，你驮着你那个
小救星的重负穿过你的血并倾侧。
为何你没有等待，直到沉重
完全不可忍受：那时它突变
并如此重，因为它如此真。你瞧，
这也许是你的下一个时刻；
它也许就在你的门前移正
发间的花冠，当你猛地关上门时。
哦，这一撞击，它怎样穿透宇宙，
当某处无耐性之穿堂风，冷酷
又猛烈，使一个敞开物顿时锁闭。
谁敢发誓，说在大地下并没有
一道裂缝延伸穿过健康的种子；
谁考察过，已被驯服的动物身上

是否有一种捕杀的欲望蠢蠢欲动，
当这一猛撞将闪电投入它们脑子里。
谁了解此影响，它从我们的行动
一跳而进入即将来临的极速，
又有谁伴随它，在一切皆引导之处？
于是你实施了毁灭。于是人们必将
传说你这个举动直到千秋万代。
一个英雄若站在面前，将那种意义，
我们把它看成是事物的脸，
如一个假面扯下来并飞快揭开
我们脸上的遮盖，脸上的眼睛早已
透过伪装的孔洞无声地窥视我们：
这个是脸而且它不会改变自己：
于是你实施了毁灭。石块躺在那里，
它们周围的空气里已经有一座
建筑的节奏，几乎无法抑制；
你转来转去却看不清它们的秩序，
一块遮住另一块；你觉得每一块
好像都生了根，当你从它旁边
走过时尝试，并非真正相信，
把它抬起来。而你在绝望中抬起了

所有的石块，但只是为了把它们
又抛回一片坑坑洞洞的采石场，
而它们，已被你的心扩大了，再不能
回到原位。假如有一位女人
那时将轻轻的手搁到这种愤怒
还很娇嫩的开端上；假如某男人，
他很忙碌，内心深处很忙碌，
沉静地遇到你，当你默默走出去
做你的大事时——是的，只要你的路
从一家醒着的工场旁边经过，
那里有男人敲打，那里白昼正在
朴实地实现；只要你满满的目光里
有这么多空间，足以让一只
尽力操劳的甲壳虫的映像进去，
你就会突然在一次清醒的领悟时
去读经书，而里面的文字你打从
童年以来便慢慢铭记在心中，
有时候你尝试，是否还可望组成
一个句子：唉，你觉得它毫无意义。
我知道；我知道：你曾躺在书旁并用手
触摸条纹，像人们在一块墓碑上

渐渐摸旧铭文。凡是你觉得
光亮燃烧的，你都将其当作烛火
执于这一行之前；可是你尚未理解，
火焰已熄灭，或许由于你的呼吸，
或许由于你的手颤抖；或许也完全
由于它自己，像火焰有时燃尽了。
你从不读它。现在我们却不敢
透过痛苦并从远处去解读。

只有那些诗让我们关注，它们
仍负着你一度挑选的言语下行，
有关你的感觉的倾向。不，
你不曾挑选一切；常常一个开篇
被当作整体托付给你，你复述它
如一个使命。而且你觉得它很悲哀。
唉，假如你从未从你口中听见它。
你的天使如今还在宣讲，对同样的
字句加以不同的强调，听见
他那种言说，我突然发出欢呼，
为你而欢呼：因为这曾经是你的：

即每一个爱人又跟你脱离开来，
你在学会观看之中认识了
放弃，在死亡中认识了你的进步。
这曾是你的，你，艺术家；这三个
敞开的模子。瞧，这里是第一个的
铸件：围绕你情感的空间；而那里
从那第二个中我给你打造出观看，
它一无所求，伟大艺术家的观看；
而在第三个中，它被你自己过早
打碎了，当第一股颤动的青铜，
出自心的白热，刚刚浇注进去——
有一个做工精美的死亡已经
被镂刻塑造，那个自己的死亡，
它急需我们，因为我们活的是它，
而我们无处比这里跟它更亲近。
这一切曾是你的财富和朋友；
这个你常常预感到；可是后来
那些模子的空洞使你惊恐，
你把手伸进去并掏取空虚
并发出怨诉。——哦，诗人古老的厄运，
他们怨诉，在他们本该言说之处，

他们总是评价他们的情感，
而非塑造它；他们还总是认为，
在他们心中什么是悲伤或欢喜，
他们自认为知道这些并可以
在诗中怜悯或赞美。像病人一样
他们使用多愁善感的语言，
只为描述他们的伤心之处，
而非坚定地将自己转化为言语，
如像一座大教堂的那个石匠
将自己坚韧地化作石头的镇静。
这曾是拯救。哪怕你仅仅见过
一次，命运是怎样进入诗句里
并不再回来，它怎样在里面化为图像
并就只是图像，酷似一位祖先，
他在画框里，当你有时候看上去，
似乎跟你相像而又不相像——：
你就坚持下来了。

但这是吹毛求疵：
考虑不曾存在的。连责备的借口

也是在并未切中你的比较中。
正在发生的事情总是领先于
我们的看法，我们不可能赶上它
并永远不知道它当时的真实状况。
别感到羞愧，当死者轻触你时，
其他的死者，他们一直坚持到
终结。（终结想要说什么呢？）跟他们
交换目光吧，平静地，好比这是风俗，
别担心我们的悲伤会给你增添
异样的负担，以免你引人注目。
古代的豪言壮语，那时发生的事情
还是看得见的，并不适合于我们。
谁敢轻言胜利？挺住就是一切。

布里格手记（节选）

　　我最近认识到，对于在其个人的成长方面敏感而乐于探寻的那些人，我必须给予严厉的警告：切莫在手记中为他们正在经历的寻求相似之处；谁挡不住诱惑并与此书相偕并行，谁就必定走偏；而它兴许有人喜欢，也仅仅是几乎不随波逐流的读者而已。

　　这些手记给日益增长的诸多悲苦测出一个分量来，而且以此预示，以同一些力量之丰盈或可造就的福乐，大概能够上升到哪种高度。

　　R. M. 里尔克（出自 1912 年 2 月的书信）

1^①

9月11日，图利耶街^②。

就这样，也就是说人们来到这里，原为求生^③，我倒是以为，这里在自发死去。我在外面待过。我看见了：医院。我看见一个人，他跌跌撞撞并倒了下去。人们围聚在他身边，剩下的事便不用我操心了。我看见一个孕妇。她沿着一道热烘烘的高墙艰难地挪动，时不时去摸一下墙，好像要

① "事物［……］通过一切感官侵入马尔特身内：先是眼睛，然后是耳朵，他只是学习使用感官。他学习看，他也学习听：在那里的，和尤其不在那里的：声音、图像和人的不在场……有时候恰恰是这种不在场给了他事物的密码。"——在同他的法文译者莫里斯·贝茨的一次谈话中，里尔克这样解释前三篇记录。（语出贝茨）——德文版编者注。以下未注明者均同。

② 1902年8月28日来到巴黎后，里尔克直到10月初都住在图利耶街11号一家廉价旅馆里。9月11日他给罗丹写了一封长信并在信中表示，从现在起他要按照罗丹的座右铭"勤奋工作"去生活和工作；这个艺术上和生存上的新的开始或可说明标出日期的理由。

③ 参阅里尔克1902年8月31日写给妻子的书信："巴黎［……］，在这里［……］生存欲望比别处更强烈。［……］生存是某种宁静的、宽广的、单纯的东西。生存欲望则是匆忙和追逐。这种欲望：拥有生命，立刻，完全，在一个时辰中。巴黎这般充满此欲望，因此这般贴近死亡。这是一个陌生的、陌生的城市。"

使自己确信是否它还在那里。是的，它还在那里。墙后面？我查了查地图：**产科医院**①。好的。会有人给她接生——这个有人会。再往前，**圣雅克大街**，一座圆顶大楼。地图上标明**仁慈谷，军医院**②。这个我本来不必知道，但知道了也无妨。街道开始从四面八方散发出气味。拿可以辨别的来说，有铷伏的气味，生煎土豆丝的油脂味，恐惧的气味。所有城市夏天都散发出气味。随后我看见一幢患奇特的白障眼盲的房子③，地图上找不到，但大门上方仍可清晰地认出：**夜间收容所**。门边有价格。我看了看。不贵。

　　还有什么？一个幼儿在停着的童车里：胖乎乎的，脸色发绿，额头上有一片明显的斑疹。斑疹显然已近乎痊愈，不再疼痛。幼儿睡着了，嘴张开，呼吸着铷伏、生煎土豆丝和恐惧。情况就是这样。紧要的是，人们活着。这便是紧要的事。

---

① 原文中出现了不少法语词句，译文以楷体字表明，以下均同。——译注
② 原来是一个修道院，从 1790 年起改为军队医院。
③ 当指窗户都挂着白色窗帘。——译注

2

我改不掉打开窗子睡觉的习惯。有轨电车叮当疾驰穿过我的房间。汽车从我头顶上驶去。一扇门自动关闭。某个地方一块玻璃哗啦啦掉到地上，我听见大碎片哈哈地笑，小碴儿嗤嗤地笑。随后突然从另一边传来沉闷的、封闭的响声，在房子里面。有人爬楼梯。走来，不停地走来。站住，站了很久，过去了。又是街道。一个姑娘尖叫：**别说了，我不想再听**。电车非常激动地开过来，从头上过去，越过一切远去。有人呼喊。有些人奔跑，互相追逐。一只狗在叫。顿时感觉轻松了：一只狗。天快亮时甚至有只公鸡打鸣，真是莫大的宽慰。随后我一下子睡着了。

3

这些是声响。但是这里有某种更可怕的东西：寂静。我相信，在巨大的火灾现场有时会冒出这样一个极度紧张的瞬间，喷射的水柱越来越低，救火队员不再攀爬，也无人动弹。上面有一道黑平平的横线脚无声地向前移动，一堵高墙，墙后

窜出火焰，慢慢倾侧，没有一点声音。众人肃立
并等待，双肩耸起，一张张脸只剩下紧锁的眉头，
等待那恐怖的打击。这里的寂静就是这样。

4

·我在学习观看。我不知道原因何在，一切都
更深地进入我体内，并未停留在以往每次终止之
处。我有一个我从不知晓的内部。现在一切都去
向那里。我不知道那里发生着什么。

我今天写了一封信，当时我忽然发觉我在这
儿才待了三周。三周在别的地方，譬如在乡下，
大概如同一天，这里已是数年。我也不想再写信
了。为何我该告诉某人，我正在改变自己？如果
我在改变自己，那我可就不再是从前的我，就跟
迄今为止有所不同，所以很清楚，我没有任何熟
人。而给陌生人，并不认识我的人，我是不可能
写信的。

5

我已经说过吗？我在学习观看。是的，我刚
开始。学得还很差。但我要充分利用我的时间。

比方说，我从未意识到究竟有多少张脸。有

许许多多的人，但还有更多更多的脸，因为每个人有好几张脸。有些人常年戴着一张脸，当然它渐渐用旧了，变脏了，有皱纹的地方裂缝了，慢慢撑大如旅行时戴过的手套。这是些节俭老实的人；他们不换脸，他们从不让人清洗它。它还蛮好的，他们声称，谁能向他们证明情况相反呢？现在自然需要考虑，他们既然有好几张脸，剩下的又拿来派什么用场呢？他们保存起来。留给自己的孩子戴。但偶尔也会遇见这种情况，他们的狗戴着这些脸外出。怎么不行呢？脸就是脸。

　　其他人戴脸则快得惊人，一张接一张，把它们戴破。起初他们觉得脸永远都有，可他们还不到四十；那时就只剩最后一张了。这自然是个悲剧。他们不习惯珍惜脸，最后一张脸一周后磨穿了，有些孔孔眼眼，许多地方薄得像纸一样，到那时衬里也渐渐露出来了，非脸，而他们以此四处转悠。

　　但那个女人，那女人：她全身缩成一团，头埋进双手里。那是在乡村圣母院大街的拐角处。我一看见她，就放轻了脚步。穷人沉思的时候，不该打扰他们。没准儿他们就会想出办法来。

那条街简直空荡荡的，它的空虚让人感到无聊，便夺去我脚下的步子，拖着它噼啪闲逛，这边那边，像踩着木屐。那女人大吃一惊，上身仰起来，太快，太猛烈，以至于脸还留在双手之中。我能看见它躺在里面，它那凹陷的模型。我费了天大的劲儿，目光才停留在这双手掌上而不去瞅从那里撕开了什么。我害怕从里面看一张脸，但我却加倍畏惧那个赤裸裸的受伤的没有脸的头颅。

6

我感到畏惧。对付畏惧人们得做点什么，一旦有了畏惧。在这里生病是很讨厌的，若是有人想起个主意，把我弄到**上帝宾馆**①里面去，我一定会死在那里。这个宾馆是个舒服的宾馆，客流如潮。谁想仔细观赏巴黎大教堂的正面，而不冒此风险，随时都可能被必须尽快横穿那里的开放广场驶入宾馆的许多车辆碾倒，这几乎是不可能的。那是些小公共汽车，喇叭响个不停，就连萨冈公爵②恐怕也得让自己的马车停下，当这样一个小小

---

① 一家大医院，原来是女修道院的楼房。里尔克在此以这个名字有所影射。
② 世纪之交巴黎的著名贵族（1837—1910）。

的垂死家伙①非得径直入住上帝宾馆不可。垂死者
都偃头偃脑，而整个巴黎交通中断，当那位出自
殉道士街的大女士旧货商②驱车前往某个城市广
场。人们可以注意到这些该死的小汽车都有特别
诱人的乳白色玻璃窗，不难想象窗子后面最绝妙
的垂死挣扎；对此，一个女管家的猜想就已足够。
要是人们有更多的幻想力并朝其他方向发挥，那
猜测简直漫无边际。可是我也看见过敞篷出租车
驶来，车顶掀开的计时出租车，按通常的定价行
驶：每个垂死小时两法郎。

7

　　这家优异的宾馆十分古老，早在克洛维国王
时代就有人在里面的几张床上死去。现有五百五
拾九个床位给人死。当然成批制造。产量如此巨
大，单个的死亡就无法妥善筹办，但也无关紧要。
批量可取而代之。今天谁还在乎一种精心制作的
死亡呢？没有谁。富人本来有实力，可以周详地
死去，但就连他们也开始变得马虎，随随便便；

---

① 当指上面提到的小公共汽车。——译注
② 大女士：Madame Legrand，音译为勒格朗女士，法国的一个
　常见姓氏，这里与前面提到的贵族形成对照。

这个愿望——拥有一个自己的死亡，已经越来越稀罕。再过一阵儿，它就会像一个自己的生活一样稀罕。上帝，这便是这里的一切。人们到来，人们找到一个生活，完事了，人们只需把它套到身上。人们愿意走或者被迫这样：现在，毫不费力：**这里是您的死亡，先生**。人们死去好像它来得正是时候；人们死那个死亡，它属于人们患有的疾病（因为从人们了解所有疾病以来，人们也知道，形形色色致命的完结是属于疾病而不属于人；病人可以说无事可做）。

疗养院里真是死得这样欢喜而且怀着对医生和护士这样深厚的感激之情，在那里，人们也是死于一种由机构处理的死亡；这为人所乐见。但若是死在家里，选择豪门望族那种讲究的死亡则是自然而然，一流的葬礼仿佛此时就已随之开始，还有一整套美到极致的葬礼习俗。那时候穷人们守在这样一户人家门前大饱眼福。他们的死自然是平庸的，没有任何繁文缛节。要是得到大致合身的一个，他们就满意了。它不妨宽大一些：人总还要长一点。只要它没有耸到胸口上或卡住脖子，宽大就是必要的。

8

当我想起现已空无一人的老家时，我相信，从前的情形肯定不一样。从前人们知道（或也许隐隐感觉到），人自身之中有个死亡如像果实有个核。孩童体内有个小小的死亡而成人有个大大的。女人有它在怀腹里而男人在胸膛里。人们有这个，这赋予人们一种独特的尊严和一种沉静的自豪。

从我的祖父、昔日的侍从官布里格身上，人们还可以看出，他体内驮着一个死亡，那是一个什么样的呀：长达两个月而且吼声之响，就连旁侧庄园之外都能听见。

古老的庄园那排长长的住宅实在太小，容不下这个死亡，人们似乎得扩建厢房，因为侍从官的身躯膨胀得越来越大，他必须不停地从一个房间被抬到另一个房间而且大发雷霆，如果白天尚未结束，已经再没有他不曾躺过的房间了。于是男仆、侍女和狗，那些狗老是围在他身边，前呼后拥地爬上楼梯，以总管家领头，开进他已故的母亲临终咽气的房间，它还完全保持着二十三年前她离开时的老样子，平时从不准人进去。现在这群暴徒破门而入。窗帘拉开了，夏日午后暴烈的光线检阅着所有胆怯而受惊的对象，并在撕开罩子的镜中笨拙地转身。人们做的一模一样。有些丫鬟竟然好奇得忘记了自己的手刚才停在哪里，年轻的佣人呆呆地瞪视着一切，年纪较大的仆役则转来转去，尽量回忆别人给他们讲述的有关这个封闭的房间的所有细节，此刻他们有幸置身于其中。

然而，逗留在所有东西都散发出气味的屋子里，好像尤其使那些狗兴奋不已。体大而身瘦的俄罗斯灵猩忙个不停，在靠背椅后面跑来跑去，迈着长长的舞步摇摇摆摆地穿越房间，像族徽狗一样立起身子，随后把细长的爪子搭在白金色的窗台板上，绷着尖脸皱着额头，朝院子里左顾右盼。瘦小的、手套黄色的猎獾狗坐在窗户旁边宽松的绸垫安乐椅上，脸上露出仿佛一切正常的神态，还有只毛很密实、看起来闷闷不乐的短毛大猎犬把背脊靠在一张金腿方桌的棱角上蹭痒痒，描有图案的桌面上塞弗勒瓷杯①抖动不止。

---

① 在塞弗勒制造的珍贵瓷器。

是的，对这些魂不守舍、昏昏欲睡的什物来说这是一个恐怖的时刻。出事了：某只匆忙的手笨拙地翻开书本，从中翩翩飘出玫瑰花瓣，被人践踏；细小而脆弱的物品被一把抓起来，当即破碎，马上又放下去，有些扭弯了的玩意也被塞到窗帘下面，甚至随手扔到壁炉金色的栏网后面。时不时有什么落下来，瓮声瓮气地落到地毯上，响亮地落到坚硬的镶木地板上，但也有什么打碎在这里那里，刺耳地爆裂或几乎无声地破裂，因为这些东西已被娇惯成那样，经不住任何坠落。

假设某人想起提个问题来，什么是这一切的原因，什么给这个煞费苦心加以保护的房间把一切没落纷纷召了下来——那恐怕只有一个答案：死亡。

侍从官克里斯托夫·德特勒夫·布里格在乌尔斯伽德①死亡。因为此人已大得撑出他那身深蓝色的制服之外，他躺在地板中间，一动不动。他那张巨大的、陌生的、再无人认得的脸上双目已闭合：他看不见正在发生的事情。人们起初试图

---

① 布里格的祖父的祖传宅第。这部小说是以主人公的全名作书名的：《马尔特·劳里茨·布里格手记》。——译注

把他放到床上去，但他拒绝了，因为他憎恨床铺，打从他的病有了增长的那些最初的夜晚以来。上面那张床太小也已获得证实，于是再也没有别的办法，只好这样把他放到地毯上；因为他不愿意下去。

如今他躺在那里，人们可以猜想他已死去。随着夜幕渐渐降临，那些狗一只接一只地穿过门缝溜走了，只有那条脸色闷闷不乐的硬毛犬坐在主人身边，一只宽大而蓬乱的前爪搭在克里斯托夫·德特勒夫巨大的灰暗的手掌上。仆人们现在也大多站在外面白色的过道里，过道比房间亮一些；但那些人，还留在屋里的，有时把目光偷偷瞟向中间那巨大的、越来越暗的一堆，他们期望那不再是什么，只是蒙在一个腐败物上面的一套巨大礼服。

但是还有点什么。是种声音，这种声音，七周前还没人听见过的：因为这不是侍从官的声音。这声音属于谁呢，绝不是克里斯托夫·德特勒夫，而是此人之死。

克里斯托夫·德特勒夫之死现已在乌尔斯伽德活了许多许多日子并跟所有人言谈并且要求。

要求被人抬动，要求蓝色的房间，要求小客厅，要求大厅。要求那些狗，要求别人欢笑，说话，玩乐和安静而且一切同时。要求见朋友、女人和已故之人，并且要求自个儿死去：要求。要求并嚎叫。

因为，当黑夜来临而那些疲惫不堪又不该守夜的仆人试图睡上一觉时，克里斯托夫·德特勒夫的死亡就嚎叫起来，嚎叫并呻吟，咆哮声久久不绝，使得那些一同狂吠的狗停下声来，不敢躺下去，立在长长的、细细的、颤抖的腿上，胆战心惊。村里的人一听见那咆哮声穿过辽阔的、银白的、丹麦的夏夜，就会翻身下床像雷雨袭来似的，穿好衣裳并一声不吭地围着灯烛枯坐，直到它过去。就要临盆的孕妇都被转移到最偏远的小屋子里，床铺四周还有最严实的隔板；但她们听得见它，听得见它，仿佛它就在她们自己的身子里，于是她们乞求也允许她们下床来，然后过来了，苍白而富态，坐到其他人身边带着模糊的面容。而那些此时等待产崽的母牛显得无助和难以接近，人们从一头母牛的身子里拽出了内脏齐全的死胎，仿佛它压根儿不愿意出来。白天的活儿大家都干得很糟并忘记把干草收回来，因为他们白天担心夜晚，因为常常合不上眼和受惊下床弄得他们精疲力竭，什么也想不起来。礼拜天走进宁静的白色教堂时，他们便祷告，但愿乌尔斯伽德再也没有什么主人了：因为这是一个恐怖的主人。而他们大家想到的和祷告的，神父则从布道坛上高声说了下来，因为就连他也夜不能寐而且弄不懂上帝了。教堂的钟在说这个，因为它遇到了一个可怕的对手，整整吼了一宿，而它对其无可奈何，哪怕它开始拿一切金属发出震鸣。是的，大家都在说这个，还有个小伙子做了个梦，梦见自己走进城堡并用他的粪叉把仁慈的主人给叉死了，当时人们已是怒目切齿、忍无可忍、一触即发，所以在他讲述梦境时大家都侧着耳朵听，并且不知不觉地上下打量他，看他是否能胜任这一壮举。整个这一带人们都是这样的感受和言语，而几周之前人们对侍从官还既爱戴又同情。但尽管人们这样说，却什么也没有改变。克里斯托夫·德特勒夫的死亡在乌尔斯伽德住了下来，是无法催促的。它来了要待十周，它便待十周。在这段时间之内它更是主人，远甚于克里斯托夫·德特勒夫·布里格从前曾是主人，它像个国王，人们称之为恐怖王，此后及永久。

这不是某个水肿病人的死亡，这乃是凶恶的、奢侈的死亡，侍从官整整一生都把它驮在身内并以自身养育了它。一切过度的骄傲、意志和主宰力，他自己在平静的日子未能耗尽的，全都进入了他的死亡，进入了而今坐在乌尔斯伽德并大肆挥霍的这个死亡。

侍从官布里格会怎样盯着此人看呢，假若某人要求他死另一个死亡而非这个。他死他的沉重的死亡。

9

当我想到其他人时，我见过或是我听说过的，也总是同一种情形。他们都有过一个自己的死亡。这些男人，他们把它驮在甲胄里面，在内部，像一个囚犯，这些女人，她们已变得衰老矮小，然后在一张巨大的床上，如像在一个戏台上，面对全家人、仆役和那些狗慎重而体面地逝世。是的，孩童们，甚至很幼小的，并非拥有随便某个孩童之死，他们尽力控制自己并且死他们已经是的那个，和他们本来会变成的那个。

而这赋予了女人一种什么样的凄美，当她们怀孕和站立之时，在她们大大的怀腹里，纤柔的双手总是不经意地扶在那上面，已有两个果实：一个孩子和一个死亡。她们异常纯净的脸上那不无滋养的浓浓微笑难道不是由此引发：她们有时候以为，二者皆生长？

10

我做了些事情来对付恐惧。我坐了整整一夜并不停地写字，现在我累坏了像走了很远的路穿过乌尔斯伽德的田野。可是难以想象，这一切都没有了，一些陌生人住在古老的长长的庄园住宅里。这有可能，楼上山墙后面的白色房间里女仆们正在睡觉，睡着她们酣畅的、滋润的睡眠，从傍晚到清晨。

而某人无亲无友，一无所有，带着行囊和书箱浪迹天涯，其实并没有好奇心。这究竟是一种什么样的生活：没有家，没有继承物，没有狗。哪怕某人至少有他的回忆也好。但谁有回忆呢？假若还有童年，也像被埋葬了。也许得等到某人老了，才能达到这一切。我想象这挺好的，哪一天老了。

11

今天有一个美丽的、秋天的早晨。我走过**杜伊勒公园**①。朝着东方的一切，面对太阳，都很炫目。沐浴着阳光的万物被晨雾笼罩像披着一袭浅灰色的纱幔。一片灰蒙中那些塑像灰茫茫地晒着太阳，在尚未揭开披纱的花园里。零零散散的花儿在长长的花畦中醒来并言语：红，以一种惊诧的声气。随后一个高高的瘦条男人转过拐角，从**香榭丽舍**走来；他手持一根拐杖，但没有夹在腋下，——他把它拿到身前，轻轻的，还时不时地把它牢牢竖起，口中振振有词，像一柄宣谕官的权杖。他抑制不住喜悦的微笑，他微笑，走过一切，朝着太阳、树木。他的脚步有些胆怯像幼儿的步子，可是非常的轻，充满对儿时学步的回忆。

12

这样一个小小的月亮真是无所不能②。有些日

① 在巴黎市中心，靠近卢浮宫。
② 根据气象规律，新月那几天常有天气的骤变。

子，一个人周围的一切都是澄明的、轻飘的，在
明亮的空气中几乎没有轮廓然而清晰。邻近之物
已有远之色调，被挪开了，可望而不可即；而凡
是与辽阔有关联的：河流、桥梁、长长的街道和
挥霍的广场，全都将此辽阔收至自己身后，被描
在那上面像描在丝绸上。难以形容，尔后一架浅
绿色的马车在新桥上[①]竟会是什么，或某种红色，
无法止住的[②]，或者就只是一幅招贴画在一排银灰
色房屋的风火墙上。一切都简化了，被涂抹到几
个恰当的、明亮的平面上[③]像一幅马奈[④]的肖像画
上的脸。无一是贱微和多余的。**码头边的旧书商
贩**[⑤]正打开他们的书柜，书籍新鲜的或陈旧的黄，
精装本的紫棕，一个纸夹的更大器的绿：一切皆
妥帖、实用，各有其分并构成一个全数，其中无
一缺失。

---

① 市中心塞纳河上的一座桥。
② 当指马车车轮所涂的红色。——译注。
③ 色彩平面。这篇记录的典型之处是缺少那位画家的名字，
　 1907 年 10 月里尔克的全部兴趣都投注于他，他那种出自
　 有序的色彩平面的图像构造令里尔克惊叹不已：保罗·塞尚。
④ 爱德华·马奈（1832—1883），法国印象派画家。
⑤ 他们的摊位就在塞纳河岸边。

13

下面是承上的组合：一辆小手推车，被一个妇女推着；车上前面一架手摇风琴，纵向摆放。后面横着一个摇篮，里面有个很小的孩子立在结实的双腿上，头戴小帽快快活活，不乐意别人叫他坐下。妇女时不时地转动手摇风琴。孩子便马上又站起来在自己的摇篮里直跺小脚，而一个小女孩身着礼拜天穿的好衣裳翩翩起舞并冲着楼上的窗户拍响铃鼓。

14

我相信，我得开始做些工作，现在，当我学习观看之时。我已经二十八岁了，却几乎一事无成。让我们重复一遍：我写了一篇关于卡尔帕乔①的论文，很差劲，一个剧本，取名《婚姻》并想以双关的手法证明某些虚伪的事情，还有些诗句。哎，可是诗成不了什么气候，如果人们很早就写诗。这事儿人们应该等待并积蓄意蕴和甜蜜整整

---

① 维托雷·卡尔帕乔（1455—1525），文艺复兴时期的意大利画家；里尔克也曾经准备为他写一部专题论著。

一生之久，而且是尽可能长久的一生，尔后，临
到结束之时，也许人们可以写出十行好诗来。因
为诗不是情感，不像人们以为的那样（说到情感，
人们早已够多的了），——诗是经验。为了一行诗，
人们得看许多城市，许多人和物，必须了解动物，
必须感觉鸟怎样飞翔，并知晓小小的花朵在清晨
开放的姿态。人们必须能回想陌生地域的道路，
一次次意外的相逢和人们眼睁着渐行渐近的离
别，——回想尚未澄清的童年日子，回想父母，
某人不得不令他们伤心，当他们给他带来一个欢乐
而他对此并不理解（那是给另一个人的欢乐——），
回想童年的疾病，这么奇异地发作并且有这么多
深重的突变，回想寂静的、隔离的小屋里的日子
和海边的早晨，尤其是海，好些个海，回想旅途
之夜，高高地簌簌远去并随繁星飘游，——这还
不够，即使人们可以想到这一切。人们必须有回
忆，对许多爱情之夜，一个不同于另一个，对产
妇的吼叫和对轻松、白净、眠息的坐月子的女人，
镇日闭门不出。但在垂死的人身边人们也必须待
过，必须在死人身边坐过在小屋里，敞开的窗门
和一阵阵声音。而这也还是不够，有了回忆。人

们必须能忘却回忆，要是回忆已够多，而且必须
有很大的耐心，等待它们再来。因为回忆本身还
不是那个。只有当它们化为我们身上的血液、目
光和姿态，化为无名的并且再也不能同我们自身
区别开来，只有那时才能发生这样的事，在一个
相当罕见的时辰，一行诗的第一个词在它们的中
心站起来并从它们中间走出来。

　　我所有的诗却都不是这样产生的，就是说这
种连一首也没有。——而我写剧本的时候，简直
摸不到那里的门路。我是个模仿者和蠢材吗，因
此我需要一个第三者^①，才能讲述彼此过不得的两
个人的命运？我多么容易就掉进了陷阱。可是我
原本必须知道，这个穿越一切生活和文学的第三
者，这个从不存在的第三者之幽灵没有任何意义，
人们必须否定他。他属于天性扯的幌子，天性总
是竭力将人们的注意力从它那些至深的秘密上引
开。他是那扇屏风，后面有一出好戏正在上演。
他是入口旁的喧嚣，此入口通向一场真实的冲突

———————————

① 指的是一个从外部威胁婚姻的恋人，即"分裂势力的化身，
　这些势力不断插足于被婚姻关系捆绑在一起的两个人之
　间"。（里尔克 1903 年在《北方的书》一文中这样写道）

那无声的寂静。人们兴许以为，大概迄今为止对于所有人这都太艰难，若要谈论剧中涉及的那两人；第三者，正因为他极不真实，乃是功课的简易之题，他们全都会做的。他们的戏刚一开场，观众便觉察到他们已按捺不住，急欲让第三者亮相，他们对他急不可待。他一到台上，一切都妥了。但多么无聊，如果他姗姗来迟，没有他啥事儿也不会发生，一切都停着，呆着，候着。是的，咋办呢，假若台上一直这样停滞和延宕？咋办呢，戏剧家大人，还有你，看官，你懂得生活，咋办呢，假若他下落不明，这个招人爱的花花公子或这个轻狂的后生，一切婚姻靠他来收场，像一把万能钥匙？咋办呢，假若魔鬼，譬如说，把他招了去？且让我们如此假定。人们顿时觉察到那些舞台的人为的空虚，它们被墙围了起来像危险的洞穴，只有出自包厢边壁的蛾子翩翩飞过那失去依凭的空洞的空间。

戏剧家再也无暇享受他们的别墅区了。一切公共侦查机构为他们在世界的边远地方搜寻这位不可替代的，他便是情节本身。

而此时他们生活在人们中间，不是这些"第

三者"，而是那两人，关于他们原本可以说个没完没了，关于他们还从未说出点名堂，尽管他们在受苦和对付而且不知所措。

这很可笑。我坐在这里，我的小屋子里，我，布里格，此人已经满了二十八岁啦，还没人知道。我坐在这里并且什么也不是。然而，这个什么也不是现在开始思考了，在六层楼上，在巴黎的一个灰蒙蒙的下午想这些个念头：

这是可能的吗，他想，人们还没有看见、认识和言说过任何真实的和重要的事物？这是可能的吗，人们已有过数千年时间去观看、思考和记录，而人们已让这数千年逝去如一个课间休息，人们此时吃着自己的黄油面包片和一只苹果？

是的，这是可能的。

这是可能的吗，尽管有发明和进步，尽管有文化、宗教和世界智慧，人们一直停留在生活的表面？这是可能的吗，人们甚至给这个表面，它大概毕竟已是些什么，蒙上了一种无聊透顶的材料，使得它看起来像暑假里的客厅家具？

是的，这是可能的。

这是可能的吗，整个世界历史都被误解了？

这是可能的吗，过去是虚假的，因为人们总是谈论它的主体，直直的，仿佛人们是在讲述一条许多人的合流，而非言说那一个人，众人团团围住他，因为他陌生并在死去？

是的，这是可能的。

这是可能的吗，人们竟相信，必须弥补早在人们诞生之前就已经发生的？这是可能的吗，人们必须使每个单个的人回忆起他真的是从一切先前者之中产生的，就是说他本来知道这个而且不该让别有所知的别人向他游说任何玩意儿？

是的，这是可能的。

这是可能的吗，所有这些人都十分清楚地了解一个从未存在的过去？这是可能的吗，一切真实对他们而言什么也不是；他们的生命渐渐流尽，跟一切毫不相关，像一架壁钟在一间空空的屋子里——？

是的，这是可能的。

这是可能的吗，人们对就是生活着的少女一无所知？这是可能的吗，人们说"女人们""孩子们""男童们"而没有感觉到（虽有一切学识却没有感觉到），这些词早已不再有复数，而是只有无数的单数？

　　是的，这是可能的。

　　这是可能的吗，世界上有一些人，他们言称"上帝"并认为，这乃是某个共同的东西？——且看两个学童：一个给自己买了把小刀，他的邻桌同一天也买了一把一模一样的。一周之后他们把小刀拿给对方瞧，而结果是，看上去它们只不过还略略相似罢了——在不同的手中它们有了如此不同的变化。（是的，一个孩子的母亲对此说道：要是你们也总是一下子非得把啥都用坏的话——）啊，原来如此：这是可能的吗，相信人们可以拥有一个上帝，而不使用他？

　　是的，这是可能的。

　　但如果这一切都是可能的，哪怕只有一种可能的表象，——那么就必须，无论如何，做出点什么。眼前第一个人，这个人，已经有了这些令他不安的念头，他必须着手做一些已被耽误的事情；哪怕只有某一个人，绝不是最适合的那个：恰恰没有别的人。这个年轻的、无关紧要的异乡人，布里格，他从此必须坐到六楼上去写作，日日夜夜：是的，他从此必须写作，这将是终结。

15

那时候大概我有十二岁或顶多十三岁。我父亲带我去乌尔涅克洛斯特①。我不知道，是什么原因使他去探望他的岳父。从我母亲去世之后，这两个男人已经多年没见过面，我父亲自己还从未到过那座古老的城堡，而布拉厄伯爵是很晚才迁回城堡的。后来我再也没看见那幢稀奇古怪的房子，外祖父死去以后，城堡便更换了主人，就像我在经过幼稚加工的回忆中重新寻获的模样，它不是一座楼房；它完全分隔开来在我内部；这里一个房间，那里一个房间，旁边一截过道，它并不连接这两个房间，而是作为残片，为自个儿保存下来。以这种方式一切分散在我内部——屋子，相当烦琐地安顿下来的楼梯，和其他逼仄的环形梯道，某人走在那里的幽暗中像血走在血管里；塔楼的小屋，高高悬挂的阳台，出乎意料的阳台，某人从一扇小门一下子被推到那上面——这一切还在我内部而且永远不会停止在那里存在。仿佛

---

① 马尔特的外祖父布拉厄的祖传宅第。

这座房子的雕像从无尽的高空坠入我体内并在我的底部摔碎了。

在我心中保持完整的，我觉得是这样，只有那个大厅，我们通常聚在那里用午餐，每天晚上七点钟[①]。我从未在白天看见这间堂屋，甚至想不起它有没有窗户和窗户朝向何方；每一次，每当全家人走进去时，笨重的枝形灯架上蜡烛已闪闪燃烧，几分钟后某人便忘了这还是白天和在外面看见的一切。这间高高的（如我猜测的）拱形堂屋比一切都强大；它以它渐渐变暗的高深，以它那些从未完全澄清的角落把某人脑海里的一切图像统统吸出来，却不给他一定的补偿。某人坐在那里六神无主；完全没有意志，没有思维，没有欲望，没有抵抗。某人像一个空虚之处。我回忆起，这种状况起初几乎令我恶心，一种晕船的感觉，我只能以此克服：我把腿伸出去，直到我的脚触及父亲的膝盖，他坐在我对面。后来我才发觉，他似乎明白或者在忍受这个奇怪的举动，虽然我俩之间只维持着一种近乎冷淡的关系，而这样一个异常的动作是无法由此解释的。在此期间

---

① 在斯堪的纳维亚半岛人们通常称晚餐为午餐。

正是那种轻轻的触碰给了我力量去经受漫长的午餐。几周竭力忍耐之后，我便以儿童的几乎无限的适应能力相当习惯了那些聚餐的阴森可怕，以至于不再劳神我就可以在餐桌旁坐上两个小时；现在它们甚至过去得相当快，因为我忙于观察在场的人。

我的外祖父称之为家庭，我也听见其他人用这个名称，完全是随意的。因为这四个人虽说彼此之间有远亲关系，但他们绝非休戚相关。舅父，坐在我旁边的那个，是一位老人，他那张严厉的曾经被烧伤的脸上现出一些黑斑，如我听说的，一个火药包爆炸的结果；总是一副闷闷不乐的脸色，他是以少校军衔告别军营的，而今他在一间我不知道的城堡密室里做炼金术试验，像我听仆人所讲的，他跟一座囚笼①也有来往，那里的人每年一两次给他送来尸体，他日日夜夜把自己和尸体关在屋里，剖开尸体并以一种神秘的方式加以处理，以免腐烂。他对面是玛蒂尔德·布拉厄小姐的座位。这是个看不出年龄的女人，我母亲的远房堂姐，她的情况一点也不清楚，只知道她跟

---

① 指监狱，这个词在里尔克的时代已经过时了。

一名奥地利招魂术士保持着频繁的通信，那个人自称诺尔德男爵①而她对他是百依百顺，所以哪怕再小的事情她也不会去做，如果事先未取得他的赞同或确切地说他的祝福之类。那段时间她特别肥胖，有一身软塌塌松垮垮的赘肉，倒像是不留神给灌进她那身松散又光鲜的衣裳里面；她的动作疲沓而不确定，她的目光老是散漫开来。尽管如此，她身上却有某种东西使我回忆起我娇柔苗条的母亲，我发现了，随着对她的观察日益长久，她脸上那一切细腻轻微的线条，从母亲死后我再也不能清晰回忆起的；现在，从我每天看见玛蒂尔德以来，我才重新知道已故者是什么模样；是的，这个我也许是初次知道。现在才由数以百计的细节在我的脑海里构成了一幅死者的肖像，那幅肖像处处陪伴着我。后来我终于明白了，在布拉厄小姐的脸上确实有决定我母亲的线条的一切细节——那些线条不过被挤散开来，仿佛有一张陌生的脸塞进了它们之间，使它们扭曲，彼此不再有联系。

---

① 一个没有历史依据的人物。

这位女士旁边坐着一个表姐的小儿子[①]，一个男孩，跟我年龄差不多，但矮小和虚弱一些。从打着细褶子的领口伸出他那又细又苍白的脖子并消失在一个长长的下巴下面。他的嘴唇很薄并闭得紧紧的，鼻翼微微颤抖，两只美丽的深褐色的眼睛只有一只可以转动。有时候它平静而忧郁地朝我看过来，另一只则始终盯着同一个角落，仿佛它已被卖掉并不在考虑之内。

长餐桌的上首摆着外祖父那把巨大的安乐椅，有一个其他啥事也不干的男仆把椅子推到他身下，而这位白发老人只占据了其中很小的空间。有些人把这位重听而又专横的老主人称作阁下和内廷总监，其他人则给了他将军的头衔。而他也着实拥有这一切身份，但是从他担任种种职务至今已经过了很久，于是这些称呼便几乎没有人弄得清楚了。我尤其觉得，似乎没有任何确定的名称跟他那种某些时候如此尖锐却又总是趋于圆融的个性是大致妥帖的。我没有哪次下定了决心称他为外祖父，虽然他偶尔对我很亲切，是的甚至

① 埃里克·布拉厄，这个人物是以里尔克的堂兄埃贡·封·里尔克（1873—1880）为模特儿塑造的。

叫我去他跟前，那时他便开玩笑试着改变我的名字的重音。此外全家人都对伯爵表现出一种混杂着敬畏和羞怯的态度，唯独小埃里克同白发苍苍的家长有某种亲密的关系；他那只活动的眼睛有时飞快地投给他默许的目光，随即便得到外祖父同样快的回应；人们时不时也能看见他俩在漫长的下午出现在幽深的游廊尽头，并且观察到他们怎样手牵着手，沿着那些昏暗古老的肖像漫步，没有言语，显然是以另一种方式彼此沟通。

我几乎整天待在花园和外面的山毛榉树林里或是原野上；幸运的是乌尔涅克洛斯特还有些狗，它们陪伴着我；这里那里有一个佃农的房子或一个牛奶场，我可以在那儿得到牛奶、面包和水果，我相信，我当时无忧无虑地享受着我的自由，至少在随后几周没有为想到晚上的聚会而忧心忡忡。我几乎不跟任何人说话，因为寂寞是我的快乐：只是我间或跟狗有些短暂的谈话；跟它们我最合得来。顺便说一句，沉默寡言是一种家族特性；这个我是从我父亲那里得知的，我并不感到惊诧，晚宴期间几乎不说什么话。

在我们到达那里的最初几天玛蒂尔德·布拉厄自然表现得尤其健谈。她向父亲打听外国城市里的老熟人，她回忆起一些怪诞的印象，她把自己感动得流泪，当她怀念逝世的女友们和某个年轻的男人，提起他时她还暗示，当年他爱她，可她不愿对他那急切而毫无希望的爱慕做出反应。我父亲颇有礼貌地听着，偶尔赞成地点点头并只有最必要的回答。伯爵，在餐桌的上首，始终带着微笑，双唇耷拉着，他的脸显得比平常大一些，仿佛他戴了一个假面。此外他自己有时也发言，这时他的声音并不针对任何人，可是，声音虽然很轻，整个大厅里却都能听见；它有点像一座钟的均匀而从容的步子；围绕它的寂静似乎有一种特别的空虚的共鸣，对每个音节一样的共鸣。

在布拉厄伯爵看来，谈论我父亲的亡妻、我的母亲，对他是一种特别的客套。他称她为西比勒女伯爵，他的每句话仿佛都是以询问她的情况结束的。是的，不知为什么我有此感觉，仿佛这里提到的是一个很年轻的白衣少女，她随时可能走到我们身边来。我也听见他以同样的口吻谈起"我们的小安娜·索菲"。有一天我问起好像外祖父特别喜欢的这位小姐时，才知道他指的是大宰相康拉德·雷文特洛的女儿①，从前弗里德里希四世的门第不大般配的妻子，将近一百五十年以来安息在罗斯基勒②。时间顺序对他毫无意义，死亡是一个小的意外事件，是他完全忽视的，一旦被他纳入自己回忆中的个人尽皆存在，他们的逝世对此没有丝毫改变。多年以后，老主人死亡之后，人们聊起他如何同样固执地将未来之物也感觉为当下的。据说有一次他对某个少妇谈起她的几个儿子，尤其是其中某个儿子的旅行，而那位年轻的女士，正处在她第一次怀孕的第三个月，坐在滔滔不绝的老人身边惊骇恐惧得几乎昏厥。

但是我开始笑了。是的，我高声大笑而且不能使自己平静下来。缘由便是有天晚上玛蒂尔德·布拉厄不在场。那个几乎完全失明的老仆人来到她的座位旁，仍然把大碗递过去请她搛菜。这个姿势他保持了一会儿；然后他满意和庄重地仿佛一切正常地往下走。我观察到这个场景并觉

---

① 安娜·索菲·雷文特洛女伯爵（1673—1743），从1712年起成为丹麦国王弗里德里希四世的妻子。

② 丹麦王室的墓地在罗斯基勒大教堂。

得，在我看见的那一刻，它一点也不可笑。但过了一会儿，当我正好把一块食物塞进嘴里时，一阵大笑迅猛地冲入脑袋；我被呛住了并弄出巨大的声响。尽管这个场面令我难堪，尽管我以一切可能的方式竭力使自己严肃起来，阵阵笑声还是一再发出来并完全控制了我。

好像为了掩饰我的举动，我父亲以他那宽厚低沉的声音问道："玛蒂尔德生病了吗？"外祖父则露出他那种微笑并回答了一句话，我正忙于自己的事而没注意他的话，大概是说：没有，她只是不想遇见克里斯蒂娜。我显然也没看出这些话的效果是，我的邻座，褐色的少校，站起身来，朝着伯爵喃喃不清地说了声抱歉并鞠了一躬，随即离开大厅。我只发觉，他在家长背后在门口还转过身来并对小埃里克而且令我大吃一惊突然也对我招手和点头示意，仿佛要求我俩随他而去。我如此惊诧，以至于我的大笑停止折磨我了。此外我并未继续注意少校；他让我讨厌，而我也觉察到小埃里克并未理会他。

晚餐像往常一样拖延下去，人们刚好捱到最后一道甜点心，此时我的目光被某个动静攫住并随之移动，它发生于大厅的背景之中，在半明半暗中。那里有一扇，像我以为的，始终封闭的门，我曾经听说通入夹层，它慢慢地悄悄地打开了。而现在，就在我怀着一种对我来说全新的既好奇又震惊的感觉朝那儿看去时，一位苗条的衣着光鲜的女士步入门洞的昏暗之中并缓缓朝我们走来。我不知道，我做了个动作或是发出个声音，一把椅子翻倒的响声迫使我把我的目光从那个离奇的人物身上挣脱开来，我望着我的父亲，他跳了起来而且此刻，脸色像死人一般苍白，双手握拳下垂，朝那女士走去。在此期间她移动着，根本没受这个场面的影响，朝着我们，一步又一步，她已经离伯爵的座位不远了，这时伯爵一下子站起来，抓住我父亲的胳膊，把他拽回餐桌旁并紧紧拉住，而那位陌生的女士，缓慢又冷漠，穿过现已空出的空间走去，一步一步，穿过难以形容的寂静，只有某处一扇玻璃咯咯颤抖，随即消失于大厅另一边墙上的一扇门后。这一刻我注意到了，恰恰是小埃里克一边深深地鞠了一躬，一边把陌生女人身后这扇门关上。

　　我是一直坐在桌子旁边的唯一的一个人；我

使自己在座椅上变得如此沉重，我觉得仿佛我自个儿再也站不起来。好一会儿我在看却又没有看。然后我突然想起了父亲，我发觉老人还一直紧紧抓住他的胳膊。我父亲的脸上现在充满怒气，涨得通红，但是外祖父的指头像白色的鹰爪死死揪住父亲的胳膊，他笑着他那种假面般的微笑。我随后听见好像他说了什么，一字一字的，我没能理解他的话的意思。可是那些话深深灌进了我的耳朵里，因为大约两年前有一天我在我的记忆的深底找到了它们。他说："你很暴躁，侍从官，而且不礼貌。为何你不让别人去做自己的事情？""那是谁？"我父亲这时大喊道。"某个大概有权待在这里的人。不是生人。克里斯蒂娜·布拉厄。"——此时又出现了那种薄得怪诞的寂静，玻璃又开始颤抖。然后我父亲却猛地一动挣脱开来并冲出大厅。

我听见他整夜都在他的房间里走来走去；因为连我也睡不着觉。但接近凌晨时我突然从某种像是睡眠的状态中醒来并看见有个白乎乎的身影坐在我床边，那一刻我简直吓得全身麻木，连心都僵了。我的绝望最后给了我力量把头缩进被子里，由于恐惧和无助我在被窝里大哭起来。突然我流泪的眼睛上面变得又凉又亮；我紧闭噙满泪水的双眼，以免不得不看到什么。可是此时从很近处向我劝说的那个声音微温微甜地拂到我的面颊上，我听出来了：是玛蒂尔德小姐的声音。我顿时平静下来并任由它还继续久久地安慰我，尽管我已经完全平静了；我虽然感觉到这种善意太柔弱，但我还是享受着这个并觉得这毕竟是我应该得到的。"姨妈，"我最后说道并试图在她挂满泪水的脸上将我母亲的轮廓聚合拢来，"姨妈，那个女人是谁？"

"哎呀，"布拉厄小姐以一声让我觉得滑稽的叹息回答道，"一个不幸的女人，孩子，一个不幸的女人。"

第二天早晨我看见一个房间里有几个仆人在收拾行李。我心想大概我们又要旅行了，我觉得这是非常自然的，我们现在上路。或许这也是我父亲的想法。我从未听说是什么促使他那个晚上之后还留在乌尔涅克洛斯特。但我们没有旅行。我们在这座房子里还盘留了八周或九周，我们忍受着它那些奇异事件的压力，而且我们还三次看见了克里斯蒂娜·布拉厄。

我当时对她的故事一无所知。我不知道，很早很早以前她已死于她的第二次分娩，是在生一个男孩时，而他朝着一种令人恐惧的、残酷的命运成长起来——我不知道，她是一个死去的人。但是我父亲知道这些。难道他，这个有激情的人而且天生执着和清醒，当时存心迫使自己，镇定自若并不加追问，去经受这桩奇遇？我看见，而不明白，他怎样与自己搏斗，我体验到了，而不理解，他怎样最终征服自己。

这是我们最后一次看见克里斯蒂娜·布拉厄。这一次玛蒂尔德小姐也出现在餐桌旁；但是她同平常不一样。如像我们到达后的最初几天，她说个没完没了，东拉西扯，一直乱七八糟，同时有一种身体上的躁动迫使她时而理一理头发，时而又弄一弄衣裳——直到她突然随着一声悲哀的尖叫跳起来并消失了。

就在这时我的目光不由自主地转向了某一扇门，而且果然克里斯蒂娜·布拉厄正走进来。我的邻座，少校做了一个短促而剧烈的动作，蔓延到我的身上，但是他显然再没有力气站起身来。他那张褐色的、苍老的、有斑点的脸从一个人转向另一个人，他的嘴张开着，舌头在烂糟糟的牙齿后面打转；随后一下子这张脸不见了，而他那花白的头躺在桌子上，他的双臂像成了残块停在桌子的上方和下方，某处有一只枯萎的有斑点的手伸出来直哆嗦。

而此时克里斯蒂娜·布拉厄从旁边走过，一步又一步，慢慢的，像一个病人，穿过难以形容的寂静，只有唯一的一声呜咽划破这寂静，像发自一条老狗。但这时候在那只巨大的插满水仙花的银色天鹅的左边缓缓露出了老人的巨大的假面连同其灰暗的微笑。他朝我父亲举起葡萄酒杯。此时我看见父亲，就在克里斯蒂娜·布拉厄从他的座椅后面走过时，一把抓住自己的酒杯并把它举到离桌面不足一手宽的高度，像是什么沉重的东西。

就在这个夜晚我们起程了。

书信

1. 致露·安德烈亚斯—莎洛美

不来梅，上诺伊兰

1903年8月8日

……初到罗丹家时，我在外面默东与素不相识的人共进早餐，与陌生人同桌。那时我已明白，他的家形同虚设，也许只是一件微不足道的生活用品，一处可以避雨的栖身之所；他的家并不为他提供照料，他的孤独和专注也不仰仗这个家。他把家的幽暗、慰藉和宁静深藏于内心，而他自己则成了上面的天空，周围的树林，旷远和旁边奔流不息的大江。哦，这位老人是何等的孤独，他沉入自身之中，蓄满了汁液，像一棵老树立在秋天。他变得深沉；他在心中深深地发掘，他的心声仿佛从大山的中心远远传来。他的思想在内部酝酿，使他蓄满沉重和甜美，从不迷失于浮浅。

他变得木讷，对琐碎的事情相当冷漠，像裹着一层苍老的树皮。他独立于人群之中，可是一遇到大事，他就会撕开自己，他是全然敞开的，当他与物相处，或是动物和人像物一样悄悄触动他时。这时他是美的事物的学习者、初试者、观看者和模仿者，只是平时在昏睡的、散漫的、麻木的人们中间，那些事物常常湮灭了。这时他是有心人，一切尽在他眼中，是不断承纳的爱者，也是忍耐者，不算计他的时间，不考虑下一步做什么。对他而言，他所观察并以目光围浸的永远是唯一的，是发生着一切的世界；当他塑造一只手，它就只存在于空间之中，除了一只手别无其他；上帝六天只造了一只手，用江河浇灌它，令重霄为之倾侧；一切成了，他歇息在它上方，这是一件神品和一只手。

这种观察与生活的方式在他身上已经根深蒂固，因为这是他作为手艺人赢得的：那时候，他赢得他的艺术的品质—— 无限的非题材性（unstofflich）和单纯，也就同时为自己赢得了这种伟大的公正（Gerechtigkeit），这种面对世界的平静，不为任何名所动。既然规定他把一切看成

物，他便获得一种可能性：造一物；因为这正是
他的伟大的艺术。现在他不再为运动所惑，既然
他知道，运动在静止的面的上下起伏之中，既然
他目中所见，只有面和准确清晰地决定形式的面
的系统。因为在他看来一个充当样板的物体上没
有什么是不确定的：那里有上千狭小的面镶入空
间，当他依此创作一件艺术品时，他的任务是：
将此物更紧密、更坚实、更完美千百倍地嵌入宏
大的空间，以致有人撼动它时，它岿然不动。物
是确定的，艺术之物则须更确定；摆脱一切偶然，
清除任何模糊，被解除了时间并交付给空间，它
变得持久，能够企及永恒。模型像在（scheint），
艺术之物存在（ist）。因此，后者乃是超逾前者的
无名的进步，自然万物的愿望——存在——在越来
越高的层次上静静实现。那种欲将艺术变成最率
性最自负的行业的谬误随之清除了；艺术乃是最
谦卑的侍奉，全然由法则支撑。但是，一切创作
者和一切艺术浸透了那种谬误，一个有能耐的艺
术家必须奋起反抗；他得是个实干家，沉默无语，
不懈地做物。从开始起，他的艺术就是造就真实
（与音乐相反，音乐改变日常世界的表面真实，再

进一步使之非真实，化为轻飘游移的像在。因此，艺术的这种对立面，这种非—浓缩，这种引向逸散的诱惑也有许多朋友、听众和痴迷者，他们并不自由，囿于享乐，不是从自身之中被提升，而是从外部被陶醉……）。出身贫寒的罗丹看得比谁都清楚，人和动物以及物身上的一切美正受到环境和时间的威胁，美不过是一个瞬间，一段青春，在每个人身上来而复去，但是不持久。令他不安的恰是他心目中不可或缺的、必要和美好的事体之像在：美之像在，他欲使美存在，知道自己的任务是将物（因为物持久）嵌入所受威胁较少、较为平静和较为永恒的空间世界；一切适应法则，他皆下意识地运用于他的作品，使之有机地发展并具有生存能力。他早已尝试不是"着眼于外观"而去做一件作品；在他那里没有退避，而是始终亲近并垂顾正在生成者。今天这种特点在他身上已经如此明显，几乎可以说，他的物的外观对他无足轻重；他深深经历着它们的存在，它们的真实，它们如何全面摆脱不确定，它们的完善和美好，它们的独立；它们不是立在地球上，而是环绕地球。

因为他的伟大作品出自手艺，出自一种几乎无心而谦卑的意愿——做愈加美好的物，所以他至今还是他那些成熟的物中间最纯朴的之一，未受意图和题材的影响及侵蚀。伟大的思想和崇高的意蕴自发趋向他，一如实施于美好之物和完善之物的法则；他不曾召唤它们。他不曾企求它们；像奴仆一般深沉，他走自己的路，造就一个地球，一百个地球。但每个生机勃勃的地球辐射出自己的天空，将星辰之夜远远抛出，抛入永恒。没有什么是他臆造的，因此他的作品被赋予这种感人的直接和纯粹；形体的组合，形象之间的更大关联不是他预先即当其还是想法时就已设定（因为想法是一回事——几乎什么也不是，实现则是另一回事，是一切）。他先是做物，许多的物，然后才从中构建新的统一，或让其成长，这样他的关联变得紧密而符合法则，因为不是观念而是物结合在一起——这个作品只能出自一个工作者之手，其制作者可以平静地拒绝灵感。不是灵感向他袭来，因为它就在他体内，日日夜夜，被每次观察所激发，随每个手的动作而产生的一种温暖。围绕他的物日益成长，他受到的干扰则日益稀少；

因为在他周围的真实物身上，一切喧嚣戛然而止。他的作品本身保护了他；他栖身其中仿佛在一片树林里，他的生命必将久久延续，因为他亲手种植的已长成一片乔木林。他栖居并生活在物的身边，天天见到它们，天天完善它们，当人们漫步其中的时候，他的家和家中的喧阗不过是某种微不足道的东西和区区小事，人们看这些就像在一个梦境里，恍恍惚惚，充满了种种苍白的回忆。他的日常生活和置身其中的人们躺在那里，像一道空空的河床，他不再流过那里；但这本身并不可悲：因为人们听见旁边波涛汹涌，大江奔流，它不愿分为两条支流……

　　我相信，露，必须这样……哦，露，我完成的一首诗竟含有更多的真实，远远超过我感觉到的任何关系或倾慕；当我创作时，我是纯真的，我想找到力量，让我的生命完全奠基于这种纯真之上，奠基于我有时获得的这种无限的单纯和欢乐之上。一到罗丹那里，我就寻找这个；因为几年来我一直怀有预感，仿佛知道他的作品堪称无限的榜样和典范。现在，当我离开他时，我知道仍然不可期求和寻找任何实现，除了实现我的作

品；那里是我的家，那里有我觉得真正亲近的形
象，那里有我需要的女人，以及渐渐成长和生命
长久的孩童。可是走这条路我该怎样开始，我的
艺术之手艺在哪里，哪里是我的艺术的最幽深卑
微的位置——我或可由此开始有所作为？我愿意
走任何回头路，直到那个起点，我至今所做的一
切大概什么也不是，比擦过门槛的痕迹更轻，下
一个客人又会把路的迹印带上去。我心中盘桓着
若干世纪，对此我有耐心并愿意活下去，仿佛我
的时间很宽裕。我愿意放弃一切消遣，集中精力，
愿意从太快的消耗中取回并积攒可由我支配的。
但是我听见许多好心发出的声音，向我走近的脚
步，听见我的门一扇扇打开……如果我找上门去，
别人不会给我出主意，也不明白我说的什么。以
书为友我同样如此（愚钝），它们也不帮助我，似
乎它们竟然也等同于人……只有物对我言语。罗丹
的物，哥特式大教堂上的物，仿古典时期的物——堪
称完美之物的一切物。它们把我引向那些典范：那
个活动的活生生的世界，单纯，除了充当走向物
的诱因而别无意义。我开始看见新奇的物：我一
下子感觉到花儿常常无限丰盈，我察觉出自动物

的奇异的刺激。现在我有时甚至这样去感受人，手活在某处，嘴在言语，我更平静更公正地观察一切。

但是我始终欠缺：纪律，能够工作并必须工作，这些是我一直渴求的。我缺少力量？我的意志有缺陷？或是我心中的梦妨碍了一切行动？日子一天天过去，有时候我听见生命逝去。还是没有什么发生，还是没有什么真实的将我围绕，我老是分散自己，老是分流，可是我多想在一个河床里流淌并变得强大。不是吗，露，因为应该这样；我们希望像一条大河，不想流进一道道支渠，把水引向草地？不是吗，我们应该汇成一股激流并发出轰鸣？也许，当我们老了，我们可以在最后结束时，放松一下，舒展自己，注入一个三角洲……亲爱的露！

莱纳

2. 致弗里德里希·韦特霍夫

罗马，施特罗尔—费恩别墅

1904年4月29日

我亲爱的弗里德里希：

　　最近我们常听母亲谈到你，虽不知道你的详情，但是我们感觉到这段时间你很艰难。母亲大概不能帮助你，因为就根本而言，谁也不能在生活中帮助别人；一遇到危机和迷惘的时候，人们就会体验到：人是孤单的。

　　事情并没有像初看上去那么严重；况且这也是生活中最难得的，每个人自身拥有一切：他的命运，他的未来，他的旷远和整个世界。现在自然有这样的时刻，难以潜心于自身，坚守自己的自我；恰恰在此时，人们本该更顽强地——或须这样说——比以往任何时候更固执地把持住自己，却转向某种外在的东西，在紧要关头把自己的中心从自身挪到一个陌生物或他人身上。这违背了最简单的平衡法则，只会带来麻烦。

　　克拉拉和我，亲爱的弗里德里希，我们以此找到了自己并互相理解：一切共性只能存在于两个相邻的孤独的强化之中，凡是人们习惯称之为奉献的，就本质而言皆有害于共性，因为一个人若是遗弃了自己，那就什么也不是了，若是两个人都放弃自己，好走到一起，他们就再没有立足之地，他们在一起不过是一种持续的沉坠。——我亲爱的弗里德里希，我们不是没有巨大的痛苦，我们体验过这些，体验过想有自己的生活的每个人以不同方式明白的事情。

总有一天，当我更成熟更苍老的时候，也许我可以写一本书，一本给年轻人的书；不是因为我相信，自己某个方面比别人强。恰恰相反，因为在任何事情上，我都比别的年轻人艰难得多，而且从童年起，包括我的整个青年时代。

那时我一遍又一遍体验到，好像没有什么比爱自己更难的，而这就是工作，每天的报酬，弗里德里希，每天的报酬；天知道，没有别的词可以表达。你瞧，现在更糟糕的是，没有让年轻人对如此艰难的爱做好准备；因为传统总想把这种最复杂最重大的关系变成轻易和轻率的事情，并给它蒙上了一层假象，似乎这种关系人人都会。其实并非如此。爱是一件难事，比别的事更艰难，因为在其他的内心冲突上，天性自会督促人收缩自己，极其坚定地尽一切力量凝聚自己，可是不断增强的爱却诱惑人完全交出自己，但你仔细想一想，如果不是完整地有准备地交出自己，而是一点一点地偶尔为之，好像碰上了兴头，这可算得上美好？这种交出类似于丢弃和撕裂，它可算得上完美，它会是幸福、欢乐、进步？不，当然不可能……你要送鲜花给别人，你会预先把花整理好，对吗？可是相爱的年轻人把自己交给对方，激情使他们急不可耐，他们根本没有察觉，在这种没有准备的献身中，彼此的估量非常不足，直到因此发生冲突，他们才惊讶地意识到问题之所在，而且懊恼不已。一旦两人之间产生了不和，纠葛必然与日俱增；谁也休想再过上清静日子，一切都被击碎了，毁坏了，在破裂的绝望中，他们试图尽量维持表面的幸福（因为这一切本来正是为了幸福）。哦，他们几乎忘记了，当初所期望的幸福是什么。由于缺乏自信，他们越来越互相刁难；从前总想顾着对方，现在一个对另一个专横而不忍让；他们想方设法摆脱这种无法维持、无法忍受的混乱状况，可是，他们犯了人际关系上可能发生的最大错误：失去耐心。他们迫使自己有个了结，像他们以为的那样做出最后的决断。既然两人的关系发生了难以置信的变化，而这些变化使人骇怕，他们试图把关系一劳永逸地固定下来，好让它从此"永远"（如他们所言）保持不变。这不过是一连串彼此抓牢的错误中最后的一个。死去的东西最终绝不可能抓住不放（因为它会瓦解，产生质变），而活着的与活生生的东西更不可能一劳永逸地给它一个了结。生活就是变易，作为生活的精华，人际关系是一切之中变数最大的，每时每刻起伏不定，恋人是一种特别的人，在他们的关系和接触中没有一刻相同于另一刻。发生于恋人之间的，永远不是什么寻常的、一度出现过的事情，而是全新的遭遇，闻所未闻，难以预料。也有这类男女关系——想必是一种几乎无法承受的极大幸福，但只能出现在非常丰富的人们之间，即这种人之间，他们每个皆为自己，丰富，准备就绪而且走到了一起，只有两个辽阔、深邃、独特的世界能使他们结合——显而易见，年轻人不可能获得这样一种关系，但只要真正懂得了生活，他们能够慢慢向此幸福增长，为此做好准备。如果彼此相爱，他们不能忘记自己是新手，生活中的半吊子，爱情的学徒——必须学习爱情，为此（任何学习亦然）则需要沉静、忍耐和专心！

　　认真对待爱情，忍受爱情，学习爱情像学习一项工作，弗里德里希，这正是年轻人必需的。——像其他许多事一样，人们也误解了爱情在生活中的位置，把它当成游戏和娱乐，因为他们以为游戏和娱乐比工作更幸福；可是没有什么比工作更幸福，正因为爱情是最大的幸福，所以爱情不会是别的什么，只能是工作。——因此谁爱着，谁就得尝试这样去做，仿佛他有一件伟大的工作：他必须常常一人独处，反省自己，凝聚自己，紧紧抓住自己；他必须工作；他必须成为什么！因为，弗里德里希，请相信我，一个人自身愈多，他所经历的一切愈丰富。谁想在自己的生活中拥有深沉的爱，谁就得为此节省，积攒，把蜂蜜储存起来。

他必须永不绝望，如果他失去了什么，一个人、一个欢乐或一个幸福；一切会复还，而且更加美好。凡必须失落的，任其失落；凡属于我们的，留在我们这里，因为一切按法则发生，法则比我们的见识更伟大，我们只是表面上与法则相悖。他必须活在自身之中，必须想到完整的生命，想到他千千万万的一切可能性、远方和未来，面对这些则一无所逝，一无所失。

我们时常想念你，亲爱的弗里德里希；我们

坚信：要不是从军生涯的重负还压在你身上，你
早已在纷乱的事变中自己找到了独特而孤寂的唯
一有救的出路……我还能回忆起，封闭的军校生
活结束之后，我对自由的渴望和已经扭曲的自尊
心（它得慢慢治愈在那里留下的创伤）几欲把我
推向迷途，并令我滋生完全不属于我的生活的非
分之想，幸运的是我的工作摆在那里：我当时在
其中找到自己，现在也天天在其中找到自己，我
不再去别处寻找自己。我俩都是这样做的；克拉
拉和我的生活都是这样。这也将是你的归宿，毫
无疑问。心情愉快一些，一切在你前面，正在过
去的艰难时间是绝不会白白失去的。我们衷心问
候你，亲爱的弗里德里希：

赖讷和克拉拉

3. 致阿图尔·霍利彻

德不里昂别墅，默东—瓦尔—弗勒里

1905年12月13日

……有一个星座由亲爱的人们构成，在我头
顶，注视着这一切：使我轻松和沉重的，一再使

我沉重；就是这些人，我不常听说他们，也不常打听他们（我完全信赖他们），每当我抬头仰望，他们总是在同一个位置，总在我头顶：您便是他们中的一个，亲爱的朋友。这许多的沉默像我们之间的空间，而不像时间：沉默不会隔断我们，只是确定我们有多少共性并使之扩展。不是这样吗？——您最后一次离开我是在哪里？现在您又可以在一座小房子里找到我，它属于罗丹，建在默东山坡上他那个花园里，可一直望到天边，在那很远很远的地方耸立着圣克鲁教堂，有扇窗子始终对着那一段塞纳河，配上塞弗勒桥，又平添了许多诗情画意。那里有我的生活。少许时间做罗丹的秘书，写一些很烦人的法文信件，但大多在他那些成熟的物身边，在他那种学习及慢慢学习的巨大而喜悦的友情之中：生活，有耐心，工作，不错失任何欢乐的缘由。因为这位智者和伟人知道如何找到欢乐，我的朋友；一种无名的欢乐，就像人们可以从童年回忆的那样，可是蓄满了最深的缘由；最渺小的物走向他，为他敞开自己；我们找到的一枚栗子，一粒石子，躺在砾石中的一只贝壳，一切都在言语，仿佛它们此前一直在沙漠里沉思与斋戒。我们几乎无事可做，只能倾听；因为工作本身出自这种倾听，人们必须用双臂把这工作托起，因为它很重。我常常力气不够，但罗丹托起一切，使其超越自身并将其置入空间。这是一个无名的范例。我服膺老年，亲爱的朋友，工作与变老，正是生活期待于我们的。然后某一天老了，还远远没有懂得一切，没有，但是开始，但是爱，但是预感，但是与遥远的和不可言说的事体相关联，直到进入群星之中。我告诉自己：当我聆听这位老人如此伟大地言说这些，如此喧阗地对这些沉默，生活一定多么美好，多么甘甜呀。

我们真的常常不知道，我们是在沉重之中，这沉重浸透膝盖，浸至肺腑，浸至下颏。但在轻松之中我们可是欢喜，我们在轻松之中不是几乎难堪？我们的心很深，但我们若是不曾被沉进去，便永远达不到根基。然而，人们必须曾经留在根基。这关系重大。

别泄气，罗丹有时对我说，当我们傍晚分手时，即使我们刚谈过十分美好的事情，好像没有缘由；他知道这多么必要，每一天，当人年轻的时候。

4. 致克拉拉·里尔克

巴黎六区，卡塞特街29号

1907年10月4日（星期五）

……老是这种感觉，人好像泡在一块被不停搅动的湿海绵里。这样被抛出秩序之外，真让人觉得奇怪。正因为既有衔接又有对照，平常四季才如此美丽，不无裨益，人可以依从它们；可是这一次一切来得太突然，就像查百科全书时，突然翻到另一个词条，按完全不同的内容，顺着字母 Th 或 y 读下去。

当然，假如一个人对工作很有把握，像他本来必需的那样，这种天气，即使加上感冒，也不会使他乱了方寸：在这种状况下他照样观物并做物。（有一次在施马尔根村，我还记得，类似的状况，简直出乎意料，让我写完了一个风暴之夜开始的诗稿，只用了一个晚上）但是，较之于始终能工作，我始终还相差甚远。凡·高有可能失去镇定，但工作仍然在镇定之后，他不会再脱出镇定。至于罗丹，状态不佳的时候，他守在工作旁

边，把美好的东西写到无数纸条上，读柏拉图并
思念他。但我觉得，如此亲近工作，并不仅仅在
教育和强迫（否则会令人厌倦，如像我最近几周
的状况）；这是纯粹的欢乐；这是自然的舒适，沉
浸于这一件没有任何打扰的事情之中。也许人们
必须更加清晰地认识自己承担的"使命"，而且更
加具体，从千百个细节中认清使命。我确实清楚
地感觉到凡·高在某处必定感觉到的，我觉得这
种使命感强烈而伟大：一切还有待于去做：一切。
但是我未能转向下一步，或者做到了，但只限于
最佳时刻，反之，恰恰在最坏的时刻，这种转向
反倒对一个人是最必要的。凡·高能做一幅医院
内景，在最恐惧的日子画出最恐惧的景物。他究
竟是怎样挺过来的。人必须挺住，而且我确实感
到他没有强迫自己。只是出于认识，出于兴趣，
出于不能拖延，考虑到许多非做不可的事情。啊，
但愿一个人没有不曾工作的回忆，那么回忆总是
令人舒服，没有静静躺着和贪图舒服的回忆，也
没有在等待中时光流逝的回忆，翻阅褪色的相集，
读几本闲书：这样的回忆太多太多，一直到童年。
生活的所有领域都失去了，甚至难以复述，此乃

诱惑之过，懒散的生活总是对人有一种诱惑。为什么？假若一个人从最初就只有工作的回忆：他的脚下多么坚实；他可以站立。但现在他每时每刻都在某处沉陷。于是他身上有两个世界，这是最糟糕的。有时我路过一些小店，比如塞纳河街；古董贩子或旧书商，或是卖铜版画的，橱窗里塞得满满当当；从来没有人光顾，他们好像不做生意；但一眼看进去，他们坐着，读着书，无忧无虑（可是并不富裕）；不为明天操心，不为成功担惊受怕，有一只狗坐在他们身前，兴致勃勃，或一只猫，使周围的寂静愈加深沉，它悄悄溜过书架，好像抹去书脊上的名字。

啊，若是这样可让人满足：有时候我很想给自己买这样一个满满的橱窗，可以带着一只狗在后面坐上二十年。晚上后屋亮着灯，前面一片昏暗，我们三个坐着，吃着晚饭，在后面；我发现，从街上望进来，每一次都像是一顿盛大而隆重的晚餐，透过昏暗的前厅。（但这样肯定总有一切忧虑，大大小小的忧虑。）……你知道我的意思是：没有抱怨。其实这样也很好，而且还会更好……

5. 致克拉拉·里尔克

巴黎，瓦艾尼街77号　星期四

1908年9月3日

你所讲述的无损于那些可爱的花儿。它们一度似乎独自而来并有其本性，一如你自有你的本性。现在我想告诉你，你的感觉是对的：我不该来，这样更好。这两天我有极其充实的体验，因此我坚信，今后我须始终选择留下：这样肯定收益更大。你且侧耳倾听一连串新事，好事，就是说已将其妥善地拿入手中，现在只需实施和实现。

罗丹果然捎话要来看我，那时我刚迁居完毕，昨天上午他来了，说了些心里话，没有抱怨，很中肯。我不愿受此迷惑，我会对他好，就像从前一样。情况可能发生转变，较之于我们曾经依仗他，现在他也依仗某人，不过只千分之一，这或是最有意思的事情。也许你觉得此事别有意味，那也无妨。在我看来这似乎是个奇迹，如果这条废弃已久的路——我曾经深深走入它的误区，在那里它莫名其妙地消失了，令人惆怅——不仅应当重新找回，而且出于自己真切和可喜的需求，它欲延伸为一个广阔的圆环。

我们坐在你轩敞的房间里；他踱步并把玩面具：它还是让他开心。我给他读贝多芬对贝蒂娜·阿尼姆说的话："我没有朋友，我只能与自己生活；可是我很清楚，上帝也离我更近，就像跟我这门艺术中的其他人一样；我同他交往没有畏惧，每次我都认出他，理解他，我也从不为我的音乐担心，它不会遭受厄运；一旦谁领悟了它，谁必定解脱别人不堪忍受的一切悲苦。"——他好喜欢这句话。他知道：有人把展览巴尔扎克塑像的地方全部送给他了。他知道这一切，比谁都清楚，我们昨天发现的东西，早已同他生活在一起，他由此已有了孩子。现在我也看清了他的厄运，可能是由于他狂放的个性。我向他讲述北欧的人，不想把男人拴住的女人，没有欺骗的爱情可能性；他听得很仔细，不能相信有这样的事情，但颇想经历一番。在最孤独最福乐的路上，女人是障碍、陷阱和铁蒺藜：他以为这是铁定不移的。虽然他也认为，感觉之类想必扩散既广，变易也频，在每个地方，在每个物中，它是同样强烈、甜蜜，充满诱惑力。在他看来，每个物都将超越性，当其感性极度丰富时突变为精神之类，人们只能在上帝之中与之共处。但是，女人对于他始终是靠边站的，在一切之下。与物不同，她不会化为要求更高的：她必须被满足并已被满足。因此她对于男人像是一种食物，一种饮料，偶尔冲激他：醇酒。罗丹迷信此醇酒。我向他提到那个修女，告诉他那一切时不时在她身上转化成的福乐，她的超逾满足的意志；但他不信这个；遗憾的是，他有许多圣女支持他的观点，从她们身上可以证明，她们需要基督，像是一个同眠人：一个甜蜜的替用男性，最温柔的爱人，可以拥有，最终毕竟可以拥有他。这时我又以我的修女加以反驳。我指出，在她的一些信件中，她已怎样越过了她所爱的人，我真的知道。而且我发誓，就算沙米伊伯爵，这个傻瓜，遵从她的最后一封信，又回到她身边，她也绝不可能察觉他，一如在教堂的祭坛上看不见下面的一只苍蝇。我很执拗，绝不低估我的修女。

　　这是我们昨天和今天交谈的情形，像棋盘上的一个阵势，你可以根据上述描绘加以想象。这些问题也许一直拦在路上，他与它们不期而遇，对此我很高兴。他应当在其巨大的总和中发现自己的演算错误，这样的时刻肯定已来临。大概由于某种暂时的困难，这个一再出现、防不胜防的危险又缠上了他，正当此时，那个人——急于按自己最明智的见识认清并理顺这些问题——又回到他身边，这说明世界自有其秩序。他像一个古希腊的神，囿于自身的传统习惯，以及这类习惯，它们对我们并不适合，但为了塑造他，在他心灵的崇拜中曾是必要的。我不会改变他。但是我已在他身边发出了声音。这声音留在他的现实之中，不再从中消失。仅此已足矣。

今天我们又共进早餐，是一个例外，其原因在于：罗丹将在你的宫殿做你的邻居。他租下了底层的所有房间，右边靠平地的整个拐角，包括四方形的中厅，这也许是我想租用的。他一直寻找这样的厅堂，却未能如愿，最后他索性自己在外面建造。他想把许多东西摆放在这里，有时候过来，同它们在一起，透过宽大的窗户观望花园，他在这个地方，没人能找到他，也没人会想到。我对这一切十分欢喜，于是昨天我又出去，买了一尊俊美的木雕，与他酷似的克里斯托福（Christophor），今天我把雕像送给他，好讨个吉兆。我说：罗丹托着他的作品，总是很沉重，但却拥有世界。（可爱的孩子坐得端正，左手执一地球，高寿老人面目庄重，在他下面走过来，手持地图。此为 16 世纪的一件精品）礼物使他欢喜，解释也使他开心，他高兴得像个孩子，伸手来抓雕像。这对他是个好兆头……

可是我的惊喜始终还没有结束：我也继续做你的邻居；我替自己租下了左边的拐角，在古维奇小姐楼下；该圆形建筑有两个房间，一道出口直通露台。房租对我来说过于昂贵，比我允许的开支多出五百法郎；但是我要工作。我将不再旅行，一直工作，这样一定可以省出五百法郎，对吗？我相信，我不该迟疑，也不该等待，直到楼上福尔默勒小姐过不了难关。这样我就有个安顿之处，准备迎接这一个冬天。迪瓦尔先生装修罗丹的房间，这可够他忙活，我的房间只好等着；但在你这里我目前心境尚佳。做出决定之后，我感觉轻松愉快，事已至此，应该是妥当的。行动胜于苦思。窗外下雨了，秋天来了，仿佛已是十

月，但不管是什么，现在且来无妨；只要上帝坚
不可摧。再会……感谢你的思念。它肯定与一切
同在。祝你日子美好，身体健康……

6. 致伊丽莎白男爵小姐（Schenk zu Schweinsberg）

巴黎，瓦艾尼街77号

1909年11月4日

亲爱的封·申克小姐：

每次读您的信对我都是一种快乐，我的当务
之急总是立即给您回信。这一次当然也不例外。

就天赋而言，您本来必定是一个非常优秀的
画家，就连写信，对所要讲述的一切，您也用了
纯正而浓厚的原色，各种色调互相衬托，既清晰
又逼真。现在撇开绘画：我平常虽有此看法，将
生命之事物简单而不混杂地纳入那些伟大的基本
色调之中，乃是一种出色的本领；现在我则认为，
然后每种概括性的经历，如一面晶体透镜，又必
须为您将一切细节合成为纯粹的阳光，并将您置
入阳光的统一和温暖之中。

这一次您姐姐的离去对您颇有影响，而且令

我感动之深，是您难以估量的。为什么相爱的人
分离于必须分离之前？是的：也许因为这种必然
性随时都可能出现并发出要求。因为这毕竟是某
种非常短暂的事情：彼此相依相爱。因为在这背
后，在每个人身上的确守候着一种诡异的定性（常
被承认，也常被否认）：任何事情，只要它超逾一
种美好的、就本质而言陷于停顿的常度，就必须
完全独自地、即由一个无限孤单的人（几乎唯一
的人）去接受，去承担，去了结。垂死的时辰将
此认识带给每一个人，但这只是我们众多的时辰
之一，而非例外：我们的存在（Wesen）不断转向
并进入嬗变，这些嬗变在强度上也许并不亚于与
死俱来的新的、下一个和再下一个变异。正如我
们必须在那种最引人注目的转换的某一特定位置
彻底相互放弃，严格地讲，我们也必须随时互相
离弃，不断放弃，而不必互相挽留。我随意写下
这一切，像某人用外文抄写一个句子，却不知道
其含义悲痛之极，这使您感到惊愕？我之所以如
此，乃是因为这种可怕的真实大概也同时是我们
最丰盈和最福乐的真实。常常琢磨它，它严酷的
超然固然不减分毫（就算人们扑倒在地，为它恸

哭，也未必能感化它，让它心软）；可是对它的严
峻与沉重的信赖将与日俱增，突然之间人们觉得，
像透过清澈的泪水预感到那渺远的认识——甚至
一个恋人也必有孤独，恰恰在与心上人相亲相爱
的感觉当中，孤独也会向他袭来并将他围困，这
令他痛苦，但是不无道理：是的，甚至这件看起
来最共同的事情——爱情，人们也只能独自和分
别地使其充分发展，并在一定程度上加以完成；
之所以如此，乃是因为彼此情投意合如胶似漆，
便有一股喜乐的激流喷涌而出，席卷恋人，最终
在某处将他抛出；这种情况发生于此时：对封闭
于自己情感之中的恋人而言，爱情成为一项专注
于自身的日常工作，成为不断向对方提出大胆而
超俗的要求。如此相爱的恋人自会招致无限的危
险，但可免受侵蚀并瓦解了许多伟大的情感开端
的琐碎的危害。既然他们总是喜欢彼此提出极端
的期望和要求，谁也不会以限制来妨害对方；恰
恰相反，他们彼此不断地创造空间、广度和自由，
正如爱上帝者每时每刻为上帝从自己心中发掘丰
满和全能，奠基于天宇之深处。这位庄严的被爱
者运用了谨慎的智慧，甚至（这样说不可能产生

误解）高尚的诡计，即从不显露自己；其结果是，对上帝的爱固然能给个别狂热的灵魂带来臆想的享乐时刻——但是就本质而言，这种爱始终纯属工作，乃是最艰辛的酬劳和最沉重的委任。

可是，您现在若以这种爱，以其穿越世世代代的伟大和收获来衡量任何爱的尝试，不这般孤独的，不这般绝望的，若是您愿意，较易满足的：您就会承认（不再惊骇，不，难以置信地赞同，顶多有些幸福的惊诧），人与人之间也只有这种最强大的爱是对的，只有它配得上这个名称。对此认识的预感——至此我的圆才终于完结——或不正是相爱的人为何分离的原因？

请您原谅，我也曾经以为这会是一条舒坦的路，现在我突然把您带进了崇山峻岭，凛冽，闪耀，没有寻常的植被。但是您提出了问题，我必须攀山越岭，才能向您展示我的答案，而且是在那些关联之中，除非在其中答案看起来才不绝望，而是美好的（您一定已感觉到），或就是存在的（seiend）——超出一切评价之外，一如大自然是存在的，它无意理解我们，但却维持并帮助我们。

对这个问题的另一种解释，我不知道。您知

道吗？一个人，一个年轻人，一个年轻的姑娘怎
能离家出走，只为照料某个陌生的女病人？对此
我心中不胜钦佩，我觉得，对此人们怎么钦佩也
不够。对我的答案确信不疑，同时却有什么困扰
着我，令我不安：我寻思对于这类偏激的决定，
我们的时代恐怕难辞其咎；它具有某种化解力，
能使许多志向远大的力量失去自然的作用点，不
是吗？您想，这当然令我心意难平，犹如另一种
情况：现在所有最伟大的油画和艺术品都收藏在
博物馆里，不再属于任何人。人们自然可以说：
在那里它们属于大众。然而，我对此公众殊难习
惯；我永远无法相信公众。难道现在一切最有价
值的东西真的就该这样化为公共的？这好比，对
此我无能为力，有人在露天打开一小瓶玫瑰油，
让它挥发：某个空间的确有浓烈的香味，但随即
飘逸了，消散了，于是对我们的感官而言，这种
最浓郁的芳香只得归于丧失。我不知道，您是否
明白了我的意思。

　　您所思念的罗丹常来此待上一个时辰，那自
然总是很美好的时辰。诚然，他那张脸已不再像
两年前一样，让您一见便只感觉愉快；现在它有

时显得疲惫，甚至含有忧伤之情，这是我以前从未发现的。同时那副超然的生命面具的确不曾淡化，却带有——我该怎样表达？——更浓的悲剧意味，而且是那种仿古典悲剧，就连诸神和天宇也涉入其中，但它最终完结于尘世，作为一个圆，其本质和永恒便是不越出自身之外。

我能想象这对您十分美妙，您有时见到我们卡普里岛的神父（我能说出他的名字，但不会写），这样您会感觉到，一个严肃的决然沉潜的生命发出振荡并波及您的内心。也许他一直处于丰富的内心发展之中，当时亦然，在卡普里岛，这种诚实的心灵探索者不可能令人失望。假如无此感觉，他的书将会是一本必要的好书，他肯定写不出书来；对他而言，不写出它大概是不可能的。现在书已摆在那里，变成了真实。与此相比，它何时与读者见面，倒是不大重要。非写不可的书已经写出，已经存在，别人再不能把它们看成纯粹的幻想：我觉得这才始终是关键。

但现在我得向您，就像在过分漫长的拜访之后，道一声短短的再会；请原谅我如此长篇累牍；也许随后几周，我又必须戒掉书信——哪怕是我喜欢写的，您要是觉得一口气读完这封信太累，可以把它放在一边，过一会再读，好比它缓缓而至。

最有意思的事我竟然未置一词：我已在阿维尼翁住了几周，这是第二个教皇城市，有一座难以形容的宫殿，规模宏大，保存完好，在此逗留的日子给我留下了太多非同寻常的印象……但我现在怎能从头讲起。

最后，我只想感谢您的美好思念；您可以察觉，我对此报以最衷心的忠诚，并且恳求您始终想着我。

您的

R. M. 里尔克

7. 致玛丽埃塔·弗赖因·封·诺德克—拉伯瑙

罗马，俄罗斯旅馆

1910年4月14日

亲爱的封·拉伯瑙小姐：

倘若可能，请您宽容地尝试：原谅我，收到您亲切友好的信件后，我迟迟未予回复，您不要因为此事而产生任何想法。我一直想感谢您的真诚的回忆，感谢您没有放弃我，而且使我深信不疑，我允许不断从信中了解您的生活。我非常希望在某个时候有机会与您重逢，友好而美丽，如像在巴黎那次，让我常常怀念。您这封信去了巴黎，最后找到我却几乎在您的附近，在莱比锡；我这就告诉您，是什么把我带到那里，而且最终让我在德国待了很久，但首先请让我谈谈您的消息；总的来说确实是些好消息，尽管这个或那个愿望（如在巴黎着手小提琴的工作）尚未实施或实现。恕我直言，您不要让社交的喧哗淹没您的愿望，要是这愿望继续生长，越来越强大，一定没有害处。我经常是这样，我问自己，实现与愿望究竟是否有某种关系。是的，只要愿望很弱，它像是一半，需要实现作另一半，好成为某种自立的东西。但是，愿望可以如此神奇地发育成某种完整的、圆满的、完善的东西，根本无须补充，只还从自身之中增长，形成并充实自己。有时候人们或可认为，一种生活之所以伟大和坚实，原因也许恰恰在于：它是以伟大的愿望为伴，这些愿望像一种职权，将一个个行动和一次次作为从内心逐出，逐入生活，它们几乎不再知道，最初急切期待的是什么，像飞流直下的瀑布，它们只还异常强劲地将自己转化为行动和衷情，直接的生存，愉悦的心境，分别根据事变和机缘对它们的召唤。我知道，我把您那小小的暗示看得太重要，太严重，因为我让它承载了这么多的话语，它已完全消失在我的话语之中；但是，这些话代表了我的看法，在我心中总之不吐不快（也许由于阅读圣徒的生活，对此我经常钻研，一再反复），我无法抑制这个小小的冲动，说出总之已经形成的想法。您就会明白，我所说的其实并不像看起来那样苛求和一本正经……

从一月初直到几周之前，我不得不留在德国（大多在莱比锡和柏林），因为要编定一本新书，那个年轻的丹麦人的《手记》，在卡普里岛上我肯定向您谈起过此书。《手记》终于有了某种结束，现在印刷之中，甚至在那里生活也在继续。而这里，在我周围，罗马（她向您致意），春光明媚的罗马，有缀满鲜花的紫藤，有每天新开的万千玫瑰，有她全部美丽的喷泉——像是永恒的生命，她从容而常新，没有衰老，没有枯竭。

再见吧今天，感谢您的友谊和善良。

您的永远忠实的

R. M. 里尔克

8. 致尤丽叶·封·诺德克—拉伯瑙男爵夫人

纳布雷西纳，杜伊诺城堡，奥地利海滨

1912年1月2日

一个小时前我收到您寄来的包裹，最亲爱最善良的诺娜夫人，我怀着无比的喜悦读您捎来的好消息。我始终知道，您的喜讯不会再让人久等，但现在它们真的到来了，使我受益匪浅。我也在此意义上接受这条情意深重的小围巾，首先把它看成一个标志：您慈爱的双手又开始编织许多均匀的活计，透出细心和体贴，其次也看成是最真挚的证据：这些关怀的、忠诚的力量并未停止也为我效力和存在。愿上帝为此赐福予您！

请您相信我，尊敬的诺娜夫人，我本来很看重圣诞和新年，若非我强行压制这份心情，您当是我自深深的心底致以问候的几个人之一；我的确在心里这样做了，没人能证明因此我不够真诚或不够笃实。

我独自一人，住在一座坚固的海滨古堡里，

城堡中心墙垣深锁，置身于此，倒像是一个囚犯似的：绝不会生出别的感觉。在这座兵营我已待了两个多月（其间并未与巴黎隔绝），对此我当感谢我的朋友图恩-塔克西斯侯爵和侯爵夫人（娘家姓霍恩洛厄），去年夏天我客居他们家中，听说我想找一个尽可能僻静的过冬之处，他们便允准我随意使用这座常年无人光顾的别墅，权当是自己的家（于是我做了主人，一个女管家和一个老仆人协助照料）。

呵，亲爱的诺娜夫人，那是多么值得羡慕的光景：这里已不是卡普里岛、迪斯科坡利岛，我情愿为此付出一切。有时日近黄昏，端详两只纤纤玉手，在一件手工活上翩翩翻动，几乎有灵性，更不消说身边无人替我削一只苹果。总之，当时我从这幅情景和这份体贴中汲取了力量，足以维持几年，但如今力量早已耗尽，再也得不到任何类似的激励了，我觉得。去年我做了一些尝试，但无一见效——或需求助于绝对的锥心蚀骨的孤独？有时候我的心情酷似这样一个人，他让四周冒出高墙，围住自己；也许只有一条出路，那便是把墙越砌越高，最后高到他从墙脚，如像从井底，哪怕白昼也可仰望星斗。这毕竟也算是点什么，但大概同样有一种悲哀，不得不放弃明亮而欢娱的白昼——甚至以这样的代价。

这不过是些老生常谈的事情，亲爱的诺娜夫人，您别把它们放到心上，我们的忧虑是一贯的，但生活终究不是这样，同我们相比，生活有更多的想法和更多的方面，要是现在我坐在您的身边，您会以自己的经历、以许多个人的见证来安慰我。

"要是现在我坐在您的身边"——写下这句话时，我真的下定决心，今年非了此心愿不可；我可否夏天来隆多夫短期拜访您？谁知道呢。既然我的心躁动不安，老是驱使我四处流浪，我看不出为何不该至少斗胆求它开恩，偶尔也让我在亲切的故地歇一歇脚。

我希望，您也已获悉一大堆新消息，有的来于海德堡，有的传自厄波斯。我们亲爱的莉莉·卡尼茨在干什么？我已久无她的音讯，但这是我的过错：有时候我写信的间隔太长，没有责任心。至于您，善良的诺娜夫人，我早已确信无疑，迟迟不复信并不会使您产生不好的想法和猜疑，倒是相反，任何情况也不能动摇您的信念：植根于历久而不渝的忠诚并怀着日益成长的爱，我本属于您：

里尔克

9. 致安内特·科尔布

利托拉尔—奥特里欣，纳布雷西纳，杜伊诺城堡

1912年1月23日

亲爱的科尔布小姐！

我很少有这样好的状态。这种事情只是在巴黎偶尔发生，在码头上，我能极其准确——非特意所能达到——一伸手便抽到恰好想要的那本书：真是太巧了，您的文章也来得正是时候，我昨天读了三遍，越读越合心意，现在赶紧提笔向您表示感谢。

多少次我已接近于思考这个，正是这个，它作为对象如此神秘地存在着，藏在空气中，逸出物体的微孔：可是我，我几乎没有往深处想，我囫囵吞下我的想法，却来不及细细品味，在从中吸取必要的养分之前，我已将其融进了我的血

液……

再则：我没有朝向人的窗口，永远没有。人们向我表现自己，不过是在我心中发出言语，而最近几年，几乎只有两种人向我倾诉衷肠，我通常也由他们反推及人。以一种扩展我听觉的权威之平静，无穷无尽地向我诉说人性的，不外乎早逝者之幽灵，以及更绝对，更纯粹，简直永不枯竭：恋爱的女人。在这两个形象上人性渗入我心中，不管我是否愿意。二者在我心中亮相，既有木偶之清晰（木偶是一种被委以信念的外在物），又堪称已经终结的类型，不再被超越，因此或可撰写其心灵的演化史。

让我们继续谈论女恋人（这里的恋人与圣女特蕾泽，以及沿这条路子发生的非凡事迹不大相关），恋人毫无保留地呈现在我眼前，更单一，更纯粹，即本色更浓厚，（若我实话实说）更不实用，那是在加斯帕拉·斯坦帕，里昂女人拉贝，威尼斯诸侯的几位情妇的处境中，尤其是阿尔科福拉多，这个无与伦比的女人，在她那八封沉重的书信里，女人的爱情首次一点接一点地描成了线，没有铺陈，没有夸张或轻描淡写，酷似先知的手

笔。在此，我的天哪，在此有了结果：由于女性
心灵不可抑制的一贯性，这条线，在尘世已完结，
已完成，不能再画下去，人们也许能够让它继续
延伸，向着神性者进入无限者。而对方，譬如这
个极其次要的沙米伊（造化利用他愚蠢的虚荣心，
以获取这位葡萄牙女人的书信），借用这位修女精
确的表达："现在我的爱情不再取决于你怎样对待
我"，这个男人，作为被爱者，已被丢弃，被了结，
被爱穿——若是应当说得这般客气，被爱穿了，
像一只戴穿了的手套。其实，他从头到尾只是以
他最薄弱的部位参与爱情，却坚持了这样长久，
倒是一个奇迹。在这个爱情故事中他扮演了一个
何等乏味的角色：他几乎没有什么强处，除了传
统赋予他的优势，但就连对此优势，他也是漫不
经心的，这种态度实在令人愤慨，要不是他的恍
惚和心不在焉常有能替他做部分辩护的重大缘
由。但是，谁也不能教我不信，从这个极端的恋
人和她那卑劣的情侣身上反映的明显事实：这种
关系最终揭示了女人的一方，一切完成的、承担
的、成就的，与男人在爱情上的绝对无能形成何
等鲜明的对比。女人如同，打一个陈旧而浅显的

比方，取得了爱情才能的文凭，而男人兜里还揣着这门学科的基础语法，他只勉强记下了几个词语，偶尔用来造些句子，优美迷人，就像启蒙课本前几页无人不知的名言。——葡萄牙女人的事例如此纯净，令人赞叹，只因她并没有让自己情感的激流继续涌入幻境，而是凭无限的力量将此天赋之情感引回到自身：忍受着它，仅此而已。她会变老，在修道院里一天天衰老，她不会成为圣女，甚至做不了一个好修女。她极有人情味，转向上帝是与此相抵触的，这样做并非一开始就着眼于上帝，自然可以被沙米伊伯爵看不起。然而，若想止住这种勇往直前的爱，使之免于坠落，或既然最内在的生命已如此震荡，却不成为圣女，这几乎是不可能的。若是她，这个极其非凡的女性，已在某一刻沉落，她或已坠入上帝之中，如一粒石子沉入大海，若是上帝曾乐意在她身上尝试他对天使的一贯做法，将她的全部光辉重新投回她之中：我坚信，兴许她已立即，当她站在这里之时，在这个伤心的修道院——化为天使，在内心，在她至深的本性中。

您唤我回来，可是我并没有远离您的文章。

您就会发现我们正在其中。女人确已经受、完成、结束了某件事情，她的而且纯属她的事情。男人则总有借口，说自己在干大事，男人（我们明说吧）甚至对爱情也绝无足够的准备，自古希腊以来便从未参与爱情（圣人例外）。普洛旺斯的抒情诗人全都清楚地知道，他们可以做的实在有限，渴盼爱情的但丁，只不过围着爱情，在宏大迂回的诗篇的巨型圆弧上兜圈子。就此而言，别的一切都是派生的，只能算二流。可是您明白，既然我内心有此看法，那么从您的窗户望出去，景观一定引人入胜，值得我特别关注。对您的见解，我字字句句都相信，自从您教我洞察现实的境况之后，我才知道自己究竟期待着什么。您瞧，我期待的是，男人，目前正"遭受挫折"的"新型"男人，在这段对他确实不无裨益的休整之后，先以数千年为期，承担起成长为"恋人"之重任，一段漫长的、一段沉重的、对他而言全新的成长。至于女人，亲爱的科尔布小姐，您那扇窗户的独一无二的位置容许我如此揣测，退隐到一个自己建造的美丽的境界之后，她大概会恢复平静，不觉得无聊，也没有太多讽刺，只等待并迎接这个迟缓的恋人的到来。

　　已到收信时间！谨致以无限感激的问候

您的

R. M. 里尔克

10. 致 N. N.

纳布雷西纳，杜伊诺城堡，奥地利海滨

1912年2月24日

　　我知道——，亲爱的孩子，因此我对事情的处理，完全是按照您的劝告，按那种考虑我把那封信忘了，现在才撕毁它，但在我的意识里它从未真正存在过。我早已忘了它，并盼望着您的下一封信，现在信到了。

　　我的时间不多，身边摆满了翻开的书本，我的思想急欲尽快回到那里；但我愿意立即对您表示感谢，因为我设法使您回想的往事，您又诚实地彻底重温了一遍，现在您再回来，向我倾诉衷情。当然这绝不是说，我们彼此委以沉重的事情；是的，我希望您仍是那个孩子，一开始我便对您以孩子相称，请求她给我写信，要是她觉得有此愿望而且开心的话，因为克制这种快乐大概毫无意义。我们互不相识，但彼此充满信任，这便为某种一般却又认真的交往开辟了空间。

　　现在让我告诉您一件事。不久前我给您的朋友写了一封信，如同我对他所做的，我觉得现在我也或须告诉您，当然着眼点不同，您要当心这个马尔特·劳里茨·布里格。您不能太认同于他，首先您切记不可忽视，他的种种绝望本身之所以感染读者，只因从中爆发的那种纯粹而无辜的强力，不过偶然地（严格地讲，几乎无异于一种偶然）被楔入某个沦落过程之中。可怜的马尔特因此走向毁灭，诚然是一件事情，却不必老是令我们担忧。唯一重要的是，此超巨者并不鄙弃与我们亲密交往，这就是，如同将来某个时代人们会说，此书的寓意以及它存在的理由。这部手记给急剧增长的痛苦设定了一个限度，并以此暗示，以这同一些丰富的力量或可取得的福乐，最终能上升到哪种高度。

　　首先，这不是很好吗，让自己对此坚信不疑：爱情终究能够达到这样的强度；追根溯源，爱情指的是完全超越我们的某种东西；但尽管如此，心灵仍有胆量去践行此超逾我们之物，去迎接此风暴，为此或须有一种完整的生灵？……您的生活才开始，为何您现在就要想得那么远？您究竟从何得知，虽然情愿以身相许，您却找不到能使您幸福和飞升的超凡脱俗的机缘？为何您总想跨越一切，并对某种极端的选择念念不忘，其实您的整个命运已将此路阻绝？有朝一日您果真能达到这种境界，您的心无限充盈，超越每个爱的对象，谁知道，到那时您是否有力量使这种状况发生转折，以致它最终真正成为您的荣耀？

现在我向您简单地讲述一件别的事。收到您那封谈论丑角的重要信件之后，这里就有人给我介绍了一条狗，它通常待在对面的杂屋边，所以我只认得它的长相。后来才知道它名叫彼得，跟丑角倒是同族一类的①，这一点，加上它忠厚又孤苦的相貌，使得我常常唤它到城堡里来，现在已允许它午餐时一直坐在我身边，而且随时想做什么就做什么。这一切是向您和丑角表示敬意。我也告诉它为此该感谢谁。再见吧。（我的书！）

---

① 彼得这个名字也有小丑的意思。——译注

衷心的

您的

赖讷·马利亚·里尔克

11. 致 N.N.

纳布雷西纳，杜伊诺城堡，奥地利海滨

1912年4月3日

亲爱的孩子：

当然没有要求您，不准接纳陀思妥耶夫斯基，如果确实已轮到他了。如是我将向您推荐下列入门读物：您可以从《穷人》开始（他的处女作，写于十八岁；几年前我选译了那段最优美的插曲，但译稿放在巴黎，否则我会寄给您；现有的译本不好，总之，要是能搞到此书，您就从它开始吧）。然后可读《白夜》（我只见到俄文版，也是多年之前，从未看见译本，大概这一切在皮珀出的新版本中翻译出来了，而且比迄今为止的译文更贴切）。然后，以整个心灵，读《白痴》这部杰作（我觉得在翻译上，卡西雷尔版胜过全集），要是您此时已对他有所体验，就去看那三卷《卡拉马佐夫兄弟》，他晚期的鸿篇巨制。同时您还该读一读尼娜·霍夫曼的作品，有关陀思妥耶夫斯基，该书会让您了解他的生活细节，十分可信，而且有助于深入理解。（如果没有记错，该书是由柏林霍夫曼出版社印行的。）这也许是一条路；至于它将您引向何方，我不知道，如果您只走一段路，其实也无妨。这些书本来更适合冬天读，那正是躲进书斋挑灯夜读的好时光。但是您先试一试，很快就会知道是否以推迟为好。

关于抹大拿：若是一个情人他恐怕不会这样说，但是基督，确确实实，从一开始就不只是情人，或总之有所不同。如果女恋人提升自己的爱情，使之超越某个男人，那么他一般会离她而去，另寻新欢，自然不再留在那里。基督却只能留在那里，因此他必须，别人不会这样，看见并谈起发生的事情，必须让它波及他自己。这就是我自己对此事的认识，真理在他身上昭然显现，此处亦然，如像在许多符合人性的事情上。这种认识固然严酷，但我并不为此伤心，极大的福乐总是在严酷之彼岸，在孤独之中。然而，亲爱的孩子，我一一枚举，老是让您惊恐，有何用意？我问自己，您所需要的是否完全不同；您先不要读卡斯讷，我以后再告诉您，到哪一步您不妨试着去读克尔凯郭尔：他着实伟大而谦卑（在我看来也是最伟大者之一）。——是的，弗吕弗罗斯特（Frühfrost）的作品从未出版过。我寄给您小开本的莫里斯·德盖兰。优生学杂志最近两个月送错了（您瞧，我不得不谈到"月刊"，这一次的确不是我的过错），您随后会收到的……

我来威尼斯已有十天，待在那片狭长的海滩，身边是汹涌、壮观的大海。有时，在这座无与伦比的城市的完全被遗弃的广场上，蜥蜴从我脚下逃进教堂正面的大理石缝隙里：每当此时我总是想起您。可是丑角①，这实在悲哀；我没有放弃希望，他将复归于您。再见吧今天，一切衷心的问候。

您的

R. M. 里尔克

---

① Pierrot，这个词又是人名：指皮埃洛，此处当是 N. N. 的男朋友。——译注

12. 致卡尔和伊丽莎白·封·德海特

慕尼黑，普法讷公寓，芬肯街2号

1914年11月6日

亲爱的朋友：

我母亲曾在此探访，因此我未能及时感谢你们给我寄来明信片，从信中可以看出，你们也都在帮助时代实现其坚韧而强大的意志，而且非常积极，心甘情愿，每个人都尽了全力。

你们打听我的情况，真心牵挂我。现在我只想简单谈一谈，我于 7 月 20 日，没有任何预感，离开了巴黎；我的想法是，在两个月时间里，按我通常的方式把我的全部财物留在身后。现在我早已把它们交给了命运支配，因为并不从字面意义上看待财产①，这完全是我的准则。当然有两三件东西，家父的老照片，一个古旧的基督雕像，从孩提时起我一直把它摆在我面前，某些书信，以及我总共数百册书籍中不可替换的几册，它们

---

① "财产"的德文是 Besitz，意为占有，拥有。

还远远地跟着我，向我挥手告别，我也向它们挥手……但是这已经过去了，个人根本不重要，正如人们总想学习的，重要的兴许是群体，虽然我也没有看到群体，大概这完全无关紧要，倒是命运有理，以及众多命运之后幸存的星辰。一切可见的已再次被抛进沸腾的深渊并必须被熔化。过去退隐，未来踌躇，当下无立足之地，而心灵呢，难道心灵不该拥有飘升的力量，在巨大的云层中维持自己？八月的最初几天，战争的幽灵、战神的显现令我激动不已，（岛屿出版社将出一本战争年鉴，您们可以找到几首诗，来自这段经历）现在我早已看不见战争，一个灾难之鬼，不再是一个神，而是一个神在各民族头上煽风点火。现在也没有更多的可做，除了让灵魂挺住，苦难与祸患也许绝不比从前更多，只是更具体，更清楚，更咄咄逼人。因为自古以来人类没有一天不是生活于苦难之中，任何情况也断难使之增长。但也许人正是在存在的难以言喻的苦难中才有认识的增长，也许这一切将导致此增长；许多没落——作为缓慢的新的上升——针对过程的距离和空间。

　　……请向您的妻子转达亲切的问候，最好的

朋友，我也问候您的家人，希望下次在舒心的日子里我们再见，也许我们都是学习者，只要我们挺住，后面将会是从未有过的心灵的假期。

始终忠实于你们的

里尔克

13. 致玛丽·封·图恩与塔克西斯-霍恩洛厄侯爵夫人

慕尼黑，维登迈尔街32/III

星期一[1915.9.6.]

亲爱的善良的侯爵夫人：

您的最后两个消息（书信和明信片）尚未收悉，但只要是您寄来的信件，我每次都急不可耐地收取。对我而言，您的信可归于这类极少极少的事体，它们意味着一种连续，从既存的至未来的，我仿佛让自己随它们远去——只是不知道去向何方。我没有写信，就是因为我这种封闭和阴郁的天性，我休想从中榨取什么，除非遇到忧患或悲痛，可是我怎能忍心带着这种心情给您写信呢！即使心情愉快，迄今为止在杜伊诺状态良好，也是没有意义的，因为……除非我们又有较好理

解、较为人道的事情可做，意义才会又回到我们
的欢乐、希望和痛苦之中。哦，侯爵夫人，几年
前也许我本来可以在我那时尚未如此衰竭的心灵
中获得某些形象，它们挺得住，哪怕面对这样一
个时代，并获得一种《祷告集》时期的超强状态，
它能够将这两类事体等量齐观，即全然不可理解
的与本质上超出一切认识的事体；因为我正煞费
苦心寻找这一个点，《旧约》之点，可怕的与最伟
大的在此重合，现在我尝试揭示它，这大概像是
举起一个圣体显示匣，鉴于这一切已经沉坠的和
一再站起的。因为毕竟谁也不会高声承认自己亟
须安慰，巨大的无穷无尽的安慰，我常常在自己
心底感觉到它们的可能性，几乎有些惊骇，竟能
将它们，无限的安慰，包含在备受局限的容器里。
毫无疑问，最神圣的安慰包含在人性本身之中，
也许我们不大善于寻求神的安慰；然而，我们的
眼睛只需会看一点，我们的耳朵会听一点，我们
必须更细地品尝果实的滋味，忍受更多的气味，
在触摸时精神更专注，少一些健忘：以便从我们
最切身的经验中当即吸取这样的安慰，它们或许
比随时可能震撼我们的一切悲苦更真实，更占上

风，更刻骨铭心。我们大概并未按"未知者"的意愿生活，却是生活在更加自由、更少隔阂的理智之中，从属于理智，置身于一股股波涛汹涌的潮流，我必须经常转身，探问哪种力量也许现在正从我身后过去，走向它的工作，每个都走向自己的工作，而某些力量经行之路引我们穿过心灵（它不是一家客栈，却是著名的会合点）。亲爱的侯爵夫人，我简直滥用了这颗心，我的心，以至于它现在给不出我们可受安慰的见证！在过去的几年，我常常跟您谈起这颗心，抱怨它，诽谤它，把它贬得一无是处，但它始终还是那么美好，始终还是那么充满希望。倘若我可以说，它浸透了悲苦，创痛使它变得僵硬，但可惜不是这样，而是它的内涵仿佛简直被捏成奇形怪状的一团，我就这样带着它游荡。有一条出路，把这个叫作生病，有些日子我也确实是泡在病中，这没什么，我心想善良的施陶芬贝格兴许能改变这个；因为我就是为此才来到这里。在一年前——在这一年之前！您已经看见了，尊贵的侯爵夫人，今天我忍不住要倾诉，我只想我俩坐在杜伊诺您的小客厅里，或是上面小乐队的僻静处，我曾在那里为您朗诵笔记

本上的诗稿，因为口头悲叹总是妥帖一些，纸上
的悲叹则放不开，我知道——但尽管如此……

　　侯爵夫人，我像全世界一样暗中猜测过共同
的未来，我们全体的，虽然我只能依据很少几个
前提，我是个闲散的人，因为对我而言历史是模
糊的，我也推想，凡是人们或可知道并从中得出
结论的，其实绝不是历史，而是从偶然事件与必
然事件中做出的一些选择，人由此认识自己，因
为二者始终纠缠不清恰是他最熟悉的感觉。但现
在秋天突然赶上来了，至少在这里，我从陌生的
窗户望出去，伊萨尔河两岸树木变黄了，寒冷的
雨中，岸边的黄色不是一层层地浓起来，而是一
下子染上了近乎最后的色调，树叶就要落了。这
些雨夜和这个立在门前的冬天——此刻我感到这
四处蔓延的困厄正凝结成最本己的困厄，面对自
己的明天和后天我束手无策——到底何去何从？
慕尼黑的一年过去了，我这一年没做出什么，相
反，我觉得自己各方面都退步了，现在我怎样做
得更好？我的内心如此贫瘠，因此我根本不可能
带您进去瞧瞧，是的，大概它已经阻绝，无法通
行——我们待在外面。我的全部见识局限在这个

极其消极的念头上，我不该在慕尼黑再待下去，这里的人们对一个人的要求太多，他应该成熟或表现为这样的人——而我，要想有点前途，就得谦卑地从头开始，因为在我的书中，凡是可以看作（直到某种程度）成熟的，对我来说它也就完结了，五年来，自从马尔特·劳里茨①在我身后结束以来，我一直作为一个开始者过活，当然是这样一个，他没有开始。就是说要开始——但怎样？！

　　我的处境几乎变得更真实了，这是由于，我前天获悉，我真的失去了我在巴黎的一切财产，即大约我所拥有的一切：我住宅里的全部家当四月份被拍卖了！您知道，我并不看重这个，我早已乐意将十二年来在巴黎形成于我身边的一切，当成是 M. L. 布里格的遗产，也许随这些知情的东西、书籍和几件继承物一道，这个人物的强迫观念也从我这里被拿走了，我的确毫不含糊地下过决心，最终放弃他。可是，亲爱的朋友，对您我可以坦白，从巴黎传来那个消息之后，我老是在一种奇异的感觉里转不出来，有点像一个人，

---

① 里尔克作品《马尔特·劳里茨·布里格手记》中的主人公。

——译注

摔了一跤，一点不疼地爬起来，却怎么也摆脱不了
某种担心，他的内脏里后来会突然发作一阵疼痛，
使他大声叫喊。总而言之，我早已放弃了一切，我
训练自己尽量不去想那些我最牵挂的东西——还
行；但现在我发觉它们始终还在那里；打从我知
道一切都去了，心里便冒出一种奇怪的畏惧，仿
佛在想象之中可能被一件失物的回忆牢牢抓住，
这东西是万万缺不得的，也许一页纸，一幅画，
上百封信札里的一封信，等等，仿佛某个可爱而
不显眼的东西可能丢失了，曾经有一条又轻又美
的线把它同生活的中心连接在一起，现在线断
了……哦，侯爵夫人，一切经历早就安排好了，
而且多么奇特和难以预料呀，我写下这些，只因
它们令我震惊，并让我感受到什么，也许我曾经
发现过，但从未这般深切，或者我总以为这只是
别人的烦恼。现在我确实相当解脱，可以设想这
种奇怪的感受很快会被克服，它已经到了尽头，
既然我在此给了自己一个清楚的解释。大概它绝
不会再出现，即使我的财物真的被毁了，因为就
身外之物而言，我们与毁弃本是难分难解，但这
样丢失自己的东西，况且是纯属自己的，落入别

人、陌生人之手，总有点教人不可思议，愤愤不平。我简直难以想象，在这种情况下，一箱满满的书信和字纸会有什么样的遭遇？

亲爱的侯爵夫人，可以说眼下我又弄得心神不定，你看，到处是残屑碎片；也许我会去一所普通的大学，也许去柏林，也许去亚诺维茨，很难做出决定，因为我知道，这的确关系到能否拥有一个内心的栖居，一个特别敏感的人，如像我，总是这样考虑，适宜的环境或可改善心境。我是一个孩子，希望四周都是早熟的童年——

千万遍问候您的家人和始终最真挚的一切。

您的

D. S. [1]

14. 致罗特·赫普纳

慕尼黑，暂住克弗尔街11号，阿尔贝蒂别墅

1915年11月8日

可以用许多页信笺，赫普纳，对您的书信展

---

[1] Dottor Serafico，意大利语，可译为炽爱天使博士，这是侯爵夫人给里尔克取的绰号。——译注

开讨论，几乎每句话需要十封信解答——不是说，信中是问题的一切（信中什么不是问题呢？）都必须给予答复，不是，但这里集中了所有那些问题，它们一再被问题掩盖起来，或者（最好的情况下）在其他自明的问题影响下呈现得较为透明；这是一些由问题构成的伟大王朝——究竟谁给出过答复呢？

在《马尔特·劳里茨·布里格》中（请您原谅，我又提到这本书，因为它现在刚好成了我们之间讨论的诱因），始终令人痛心疾首的问题本来只是这个，这个用尽了一切手法，一再从头提起，借助于一切证据：这个，怎么可能生活，如果构成此生活的基本元素竟是我们完全无法把握的？如果我们始终缺少爱，无决断之把握，不能面对死亡，又怎么可能生存？我未能如愿以偿，在这本为履行最深的内心职责而完成的书中，写尽我对此的全部惊诧：数千年来人类一直在捉摸生活（压根别提上帝），但面对这些最基本的、最直接的、甚至确切地说唯一的任务（因为我们有什么别的可做，今天同样，还有多久？），竟像生手似的如此束手无策，如此摇摆于畏惧与遁词之间，如此蹩脚。这不是不可理解吗？对这个事实我感到惊异，这种感觉常常攫住我，先把我拽入极大的震撼，随后又拽入一种恐惧之中，但在恐惧之后还有下一个和再下一个，某种超强的感受，以至于我不能凭感觉确定，它是炽热的或是冰冷的。曾经有一次，几年以前，我试图给某个读者写点什么，他被这本书吓坏了，有关马尔特：我自己有时觉得这像是一个凹进去的模子，像一张阴图片，它所有的凹陷皆是痛苦、绝望和最伤心的见识，但以此灌铸的器物，若是有可能制造一个（如像青铜浇铸，人们可由此获得正像的造型），那或许是幸福，赞许——最确凿和最可靠的福乐。谁知道呢，我问自己，是否可以说，我们总是从背面走近众神，我们与他们庄严光辉的面目之间并没有任何隔阂，只是被他们自身隔开了，与我们渴望见到的神情不过咫尺之遥，只是刚好站在背后——但这恰恰意味着，我们的脸与上帝的脸望着同一个方向，乃是一致的；因此，我们怎该从上帝前面的空间走向他呢？

　　我谈到上帝与众神，为了[此在之]①圆全而探

_____

① 方括号内的文字是译者加上的。——译注

究这些条律（正像与幽灵打交道），并且我认为——对
您也一样——在此必须立即设想出某种事物，这
使您感到迷惑吗？您不妨假定有超感性的事物。
让我们对此达成共识：自泰初以来，人塑造了众
神，他们身上这里那里只含有诸如此类的东西，
死亡、威胁、毁灭、恐怖、强暴、愤怒、超个人
的迷醉，这一切仿佛盘结成一种致密的恶性的聚
合体：陌生物（若您愿意以此称呼），但在此陌生
物身上已可大致看出，由于某种十分神秘的亲缘
和包容关系，人们已经察觉、忍受甚至承认它：
人们也是它，只是眼下不知道怎么处置自身经历
的这一面；它们太强大，太危险，太复杂，它们
膨胀出过度的意义，使人不能容纳；为使用和劳
作设定的生存对人诸多苛求，除此之外，还老是
驮负着这些既不实用又弄不懂的麻烦，这是不可
能的；于是人们达成了一致，有时把它们置放出
去。——但鉴于它们实在太多，最为强大，甚至
太强大，无异于强暴，甚至残暴，不可理解，常
常作恶多端：为何不把它们聚集到一处，让它们
施展影响、作用、权势和威力呢？何况现在是从
外部。难道人们不能把上帝的历史当作人的心灵

的一个仿佛从未涉足过的部分来对待，一个始终被推迟、被搁置、最终被延误的部分，对此曾经有过一个时代的决心和把握，而它在人们驱逐它去的那个地方逐渐扩张为一种敌对势力，若要与之抗衡，个人的、一再分散的、因狭隘而受伤的心灵几乎已无能为力？您瞧，死亡同样如此。死亡被经历着，可是就其真实性而言，它对我们是不可经历的，始终对我们知根知底，却从未真正被我们认可，从一开始它就危害并超过生命的意义，于是，它也被驱逐，被排除于我们之外，以免它老是打断我们寻求此意义。它大概离我们很近，以致我们完全不能确定它与我们体内那内在的生命中心之间的距离，它变成一个外在物，一个被日渐防避之物，这家伙潜伏在虚空中的某处，好阴险地挑选猎物并发动袭击；对它的猜疑越来越多：它或是悖谬、仇敌，空气中看不见的对头，或是夺走我们欢乐的蟊贼，或是盛放我们幸福的危险的杯盏，我们随时可能从杯中被倾倒一空。

上帝与死亡如今在外部，是另一个，这一个是我们的生命，以这种排除为代价，生命现在似乎变得属于人，变得亲切、可能、可望完成了，在封闭的意义上成为我们的生命。但是，在这门主要为初学者设置的生命课程中，在这门生命预科中，有待于清理和理解的事项始终数不胜数，有些课题解决了，有些只是暂时跳过去了，二者之间永远不能划出非常严格的界限。结果便是，即使在这种有局限的把握中也未取得直接和可信的进展，人们生存照常靠现实的收获和许多谬误，从一切结果中最终又必然恰恰显现出那个条件——此乃基本谬误，整个这种生存尝试便建立在该条件的前提之上，也就是说，上帝与死亡的每种已被使用的意义似乎都被抽空了（二者已不是此间的，而是将来的、别处的和异己的），这样一来，只是此间之人的更小的循环日益加速，所谓的进步遂变为一个囿于自身的世界之事件，这个世界忘记了，不管它怎样运行，从古至今它都被死亡与上帝所超过。现在这大概还导致了一种想法，人们或可将上帝与死亡当成纯粹观念，从而在精神上与之疏远：但是，大自然对我们挖空心思成就的这种驱逐一无所知——要是一棵树开花时，树中的死亡也开花，而且美好如生命，田野满是死亡，从自己躺着的脸上，死萌发出生命的丰富表情，动物异常忍耐地逐一走向死，我们周围依然处处是死亡的家，它从事物的缝隙里打量我们，一颗生锈的钉子从木板的某个地方探出来，日日夜夜啥事不做，只为死亡开心。

就连爱——爱在人们之间搞乱数字，旨在引入一个近与远的游戏，在这个游戏中，我们入列始终只有这么远，仿佛宇宙已经塞满了，除了我们心中再没有任何空间——就连爱也不顾忌我们的划分，而是战栗着，像我们一样，将我们拽入一种无限的整体意识。恋人们生活，不是源于已被分隔的此间之物；仿佛从未考虑过分划，他们启用自己心灵的丰厚贮藏，人们可以说，上帝对他们变得真实，死亡也无损于他们：因为，他们充满生命，于是他们充满死亡。

但在此我们不必谈论体验，体验是一个秘密，不是自我封闭的，不是要求被隐藏的，而是对自己有把握的秘密，它敞开像一座神庙，这神庙的几道入口为自己是入口而自豪，在比原物还高大的圆柱间歌唱：它们是门。

但是（随这个问题，H 小姐，我才又回到您的信上），我们该怎样做，才能为此体验做好准备，在属人的关联中，在工作中，在受苦中它随时可能攫住我们，我们不可对它掉以轻心，因为它本身很较真，如此较真，以致我们只能在冲突中与它相遇，从无例外；您为自己发现了好几条学习之路，我觉得您在上面走得很专心，很动脑筋。因此，您提到的那些震撼并没有击倒您，反倒把您摇荡得更牢实——我愿意尽我所能支持您对死亡的探索，不仅从生物学方面（我会让您了解威廉·弗利斯及其特别值得注意的研究：他的一本独特的小书我近几天寄给您），而且我提请您留心几个重要人物，他们对死亡的思考更纯粹，更沉静，更伟大。首先有一位：托尔斯泰。

他有一个短篇小说，叫作《伊万·伊里奇之死》；就在收到您的信那天晚上，我十分强烈地感到有种冲动，想把这几页非同寻常的文字重读一遍；我这样做了，当时我想到了您，相当于给您朗读了小说。这个故事收在第七卷（第三系列，欧根·迪德里希斯出版的全集，书中还有《流浪吧，因为你们有光明》和《主与奴仆》）；您能找到这本书吗？当时我希望，托尔斯泰的许多书您都能找到，两卷本《生命的阶段》，哥萨克，波利

库什卡（Polikuschka），画布先生，三个死：极其
丰富的自然经历（我几乎不知道还有谁这样狂热
地融入自然之中）使他令人惊异地进入了一种境
界，从整体出发去思考与写作，从一种生命感出
发，这种感觉被无孔不入的死亡所浸透，于是死
亡似乎处处被一同包含着，好像浓烈的生命滋味
中的一种特别的调料；但是，正因为如此，这个
人能带来深深的恐惧，令人惊慌失措，他觉察到
地地道道的死亡就在某处，瓶子里盛满死亡，或
这个丑陋的杯子，柄已断裂，上面写着无意义的
铭文"信仰，爱，希望"，某人被迫从杯中饮尽冲
不淡的死亡之苦涩。这个人在自己和别人身上观
察过许多种死亡恐惧，因为他既然对死有一种自
然的理解，这就注定他也是他自己的畏惧的观察
者，他与死亡的关系直到最终大概都是一种被
他——真了不起——咀嚼的恐惧，犹如一首恐惧赋
格曲，一个雄伟的建筑，一座恐惧之钟塔，有穿
廊和楼梯，未设栏杆的凸突和凹陷，向着四面八
方——只不过，那种力量，他也以此体验并供认
对自己的恐惧的挥霍，也许在最后的时刻，谁知
道呢，转化为难以接近的真实，突然成了这座钟

塔的坚实的地基、风景和天空，成了环绕它的风
和一群飞鸟……

15. 致卡萝莉内·申克·封·施陶芬贝格伯爵夫人

慕尼黑，艾因米勒街34/IV

1919年1月23日

尊敬的最仁慈的伯爵夫人：

在去年的最后几天岛屿出版社的文学年鉴便
已确定寄给您：它这么晚才送到您的手中，因此，
对于新年开始之后的迟来，它为自己辩解纯属多
余。我大概不敢这样冒昧地让您想起我，若不是
我该给这本年鉴挑选的作品，主要通过那个快满
一年的沉重的事件确定下来，正是它使我对您心
怀感激之情。

孔泰斯·德诺瓦耶的美丽的诗，我的两个小
小的尝试，尤其特别的则是那篇日记，曾以《经
历》为标题发表过：所有这些作品，各有其特点，
都包含着向此在之极限感的趋近，无不尽力趋向
那种可以预感的平衡。有一次我发现，某个古典
音乐的断章表现了此平衡，而且无与伦比。罗

曼·罗兰在一首齐唱弥撒曲中找到了这个断章，把它演奏给我听。我听了一遍，又再听一遍，当时我有种印象，仿佛天平的两只秤盘在轻轻晃动，相互趋向平静。我向罗兰描述了我的感受，此时他才坦白地告诉我，这正是古典时期的一段墓志铭，用乐谱写成的墓志铭：当然，能从这样的比喻去接受并理解它，就是对它的最感人的确认。

　　我取名为《经历》的那篇文字，也正是这样引发的，在杜伊诺（靠近的里雅斯特）的花园里，城堡现已被炸毁；这个奇遇过去一年之后，在西班牙，我尝试尽可能深入而准确地记述真实发生的事情，这时候仅限于可言说之物的领域似乎已难尽其意。我知道自己停留在火候不够的文字上，的确，我最终没有使人理解我的意思。这种大幅度突进的尝试毕竟可以在一定程度上要求人们的谅解。

　　人类的事情，眼下尤其公众的生活一片混浊，怎么也难以澄清，在这种情况下，我若是意识到自己还有一个无关现实的纯粹的使命，那便只是这个：强化对死亡的亲近，而且是出自生命最深的喜乐和荣耀：使死亡重新变得较可认识和较可感觉，死亡绝非陌生者，而是一切生命的缄默的知情者。

请您原谅这番话说得如此烦琐，请允许我，最仁慈的伯爵夫人，向您的善良和您的惦念道一声真诚的再见。

您的始终忠实的

赖讷·马利亚·里尔克

16. 致鲁道夫·齐默尔曼

谢尔上部穆佐小城堡

1922年3月10日

我尊敬的亲爱的齐默尔曼先生：

情况正像您所猜测的那样，许多星期以来我一直在工作之中，这是一段艰苦的、极其艰苦的时间，尽管如此，我若不是立即如实向您表明，您以贝格城堡的老照片带给我多么巨大和衷心的喜悦，恐怕我永远也不会原谅自己！这张建筑风景照相当朴实，透出一种亲切，简直令人神往。我祝贺您发现并拥有了这幅图片，也祝贺我自己，因为您使我获得第二个拥有者的荣誉和优先权，为此我十分惊喜。——如果还能找到底片，是否可以给南尼·封·埃舍尔小姐洗印一张（我一时冲动写下这句话，您别怪我得寸进尺）？您若记住在方便之时寄一张照片给她，一定能使她欢喜万分，尤其因为封·埃舍尔小姐目前正巧（我偶然得知）又在更详细地考证贝格城堡的历史，以及她在那里的祖先。请您只当是一件顺便的事，一个建议，由此可以猜想我多么喜悦，这份喜悦禁不住也想让别的"当事人"一同分享，因为已几乎满溢！

至于您美好的书信的另一部分，今天我只能报之以我的感谢。——附带说一句，我越来越倾向于，让那里重新提起的主题只在我的工作之内替我言说，在我的作品中，该主题被转化，被刻画，从最内在的本源浮现出来。而在讨论之中，我也许太容易进入这种境况，言谈过于短暂的事体，此乃禀性所致。此外，我的"案例"（如果允许我暂且以此指称我个人的观点和行为），我的案例并不期望以任何方式充当楷模或典范。体验上帝，在我身上是一种最终全然不可言喻的本性和激情，它绝对更接近《旧约》，而非弥赛亚

（Messiade）；是的，如果我希望自己既平凡又真实，那我必须承认，我真的觉得此生别无他求，只想在我心中揭示并激活那个部位，或许它使我有可能在世上所有圣殿里，以同等的资格，以跟各处至尊同样的交情顶礼膜拜。在凯鲁万和突尼斯南部，当我步入威严的大清真寺之时（自法国人入侵以来，它已被亵渎了，一如那整个仅次于麦加、一度是伊斯兰教最神圣的地区），我有种感觉，好像在我这颗在此也奏效、在此才相当奏效的心中，我带来了足够的直接振兴的力量，可以使这座荒凉的教堂——伟大的关联将复归于此——至少在那一刻恢复尊严。这就是我的心思，没有别的；但是在任何事情上，意图几乎不起作用，所以我的心境始终只能大致讲一讲。我不怀疑，对此您作为旁观者还是有所感觉，并能给予善意的理解。

致以感谢和问候
您的忠实的
R. M. 里尔克

17. 致玛戈·西佐-诺里斯-克鲁伊伯爵夫人

瓦莱，谢尔上部穆佐小城堡

1923年三王来朝节[1月6日]

我尊敬的最仁慈的伯爵夫人：

几天前我又重读了一遍您去年夏天的愉快的来信，我简直不明白我的笔为何如此拖延，居然迟迟未复这封亲切友好的、以多种笔调娓娓道来的信件。但我并没有立即提笔！似乎在去年的巨大辛劳之后，我的笔——遗憾的是，人们只有同一支笔来写所有的文字，工作和通信——非得让自己休息不可……我自己也一样：这样一种工作支出之后，每次接踵而至的是无能为力，不是说人真的已经抽空了，但自己本质的特定储蓄已被转化，被交出，好像永远被夺走了，再不能为自己个人所用。这时人们不想马上为自己寻求别的精神财富，因为根本不知道自己喜欢什么，这是一种犹豫的状态，一种缓慢转向的状态，其表现是，在这种时候人们不喜欢谈论"我"，因为既无努力也无压力，对这样的我有何可言呢？在这样的时刻，从前，环境的改变通常对我有好处，对休整及重新开始都很有利（每当一个这样紧张的阶段结束之后，我会接受外界提供的任何变化，视之为可喜的帮助，甚至可由此部分解释我的不稳定……）；大概这次也不例外，我决心离开穆佐，或是为了重返巴黎（也许早就有机会，我打算在那里搞一些研究），或是为了造访我们的发祥地——克恩滕，我本人还未去过那里，看看能否在此安顿下来……据说族徽（我记得刻有 14 世纪某年的年号）还留在克拉根福那间一再修缮的马厩上；我觉得，不仅因为我是本家族的最后一个男性，此事非我莫属，即只要不太费周折，借一次还乡的机会，完成这样一个广大的圆圈，以便到那里定居一段时间，正如传说和文字所确凿表明的，我们发源于那里！（"克沙卡堡"，意思是卡特纳·里尔克家族最早的领地之一，如果我没有弄错，至今仍是费斯特蒂奇伯爵家族——您的亲戚——的世袭财产以及称号！）——但是，想要动一动的起码尝试随即碰到了许多困难，迫使我一再让步，最后我还是让自己在穆佐封闭一个冬天，下了最大的决心，欲使这次隐居也尽可能取得丰硕成果。我也确实立即着手各项翻译工作，它们会使我在这安静的几个月里忙个不停，也许我将取得更大的进展，若不是因为任何较为剧烈的用功或激动，我的身体都会出问题，这显然也是上个工作阶段强行推进的一个后果。

这一切有关我，亲爱的最仁慈的伯爵夫人！诚然，您最后这封信的确带来了始料未及的痛苦的直接诱因，让我谈论您并对您言说。但正因为此事刻不容缓，我才要在长久的沉默之后，先让您重新如实地想起我，以免这些温暖和关切的言语——我有一种极其自然的紧迫感，想把它们讲给您听——从模糊的源头向您传来；以便您更真切地感觉到，谁在诉说以及出于何种处境。言语……这些会是安慰的言语吗？——我对此没有把握，我也不怎么相信，像您遭受的这种突然而巨大的损失，人们能够或应该减轻由此带给自己的痛苦……

"已得安慰的人多么不幸呀"，勇敢的马里

耶·勒内吕在她非同寻常的"日记"里抄下了这样的话，这里的安慰大概也就是转移注意力的诸多方式之一，散一散心，就实质而言仍是轻率和无益的。——甚至时间也不像人们肤浅的说法，可给予"安慰"，它至多清理，它整顿，只因对时间在暗中一道促成的秩序，我们后来不怎么关注，是的，不怎么探究，结果便是，那个现已被调理、被缓减、大致被抚平的不幸，只因不再令我们深感痛苦，我们便把它看成我们心上的一件淡忘之事和一处缺陷，而不是在那里赞赏它。可是心何曾遗忘呀，在心的任务真正彻底地完成之前，我们若是没有将其解除，心会何等坚强呀！——不愿减轻这样一种损失的痛苦，想必是我们的本能，更确切地说，它或须成为我们既深沉又痛苦的好奇心，去探究损失，去体验恰恰这种损失的特殊与唯一之处，以及它在我们生命之内的影响，是的，我们或须萌发这种高贵的贪心，好使我们的内心世界恰恰因为有了此损失、有了它的意蕴和沉重而变得丰富……这样一种损失对我们伤害越深，打击越大，就是一项越重要的任务，即全新地、别样地、最终地拥有这个现已丧失却被无望地强调的东西：这便是无限的成就，而此成就可立即克服附着于痛苦之上的一切否定因素，和始终构成部分痛苦的一切惰性与屈服，这才是有为的在内部起作用的痛苦，具有意义并与我们相称的唯一痛苦。

　　我并不喜欢基督教的彼岸观念，而且越来越疏远它们，当然从未起心攻击它们……它们可能有自己的道理并存在下去，既然已有神的领域的许多其他假说，可是在我看来，它们首先包含着这样的危险，不仅使逝世者更加模糊，首先更难为我们所企及；而且我们自身，正怀着渴望把自己拖向彼岸并远离此间，在此期间也变得更不确定，更少属于尘世：我们毕竟，就眼下而言，只要我们在此，并与树、花和土地相亲，在一种最纯粹的意义上必须属于尘世，是的，始终还须成为尘世的！至于我个人，凡是对我死去的，可以说已死入我自己心里：那个逝世者，当我寻找他时，在我体内尽力克制自己，很奇特也很惊人，可以令人动心地感觉到，他如今只还在那里，而且每当痛苦就要侵袭并摧毁心灵的整个领地时，我的激情几乎在同一时刻占了上风，那便是侍奉他在那里的存在，使之更深厚并给予虔诚的赞美。我现在回忆起，我与父亲常常太难彼此理解，彼此承认，但那时我是何等爱我的父亲呀！童年时代常有许多胡思乱想，一想到有朝一日他可能不复存在，就觉得心都僵硬了；我觉得我的存在完全取决于他（我的存在从一开始就有如此不同的定向！），以至于对我最内在的本性而言，他的逝去等同于我自己的消亡……然而，死深藏于爱的本质之中，因此无论在何处，死与爱并不相悖（只要我们一同知道死，不让强加于死的丑恶和怀疑迷惑自己）：某物被我们不可言喻地承载于心中，最终死还能将它驱向哪里，除了驱入恰恰这颗心里，在哪里这个被爱的存在物的"思想"（Idee），是的，它持续不断地影响（因为这影响怎么可能中断，它确已——当该存在物与我们一同生活之时——日益脱离此者的实际的当下存在）……在哪里这始终隐秘的影响会更有保障，除了在我们心中？！在哪里我们能更靠近它，哪里更纯粹地

赞美它，何时更好地听从它，除了它与我们独特的
声音密不可分地出现之时，仿佛我们的心学到了一
门新的语言，一首新歌，一种新的力量！——我谴
责所有的现代宗教，它们提供给信徒的不过是死
的安慰和死之美化，而非授予他们潜入心性的途
径，以便他们能与死亡相处并取得一致。与死亡，
与其十足的赤裸裸的残忍：这种残忍无以复加，
以至于恰恰在此，圆得以完结：残忍竟又引向温
和之极端，而此温和那样寥廓，那样纯粹，那样
全然清澈（一切安慰都是浑浊的！），我们仿佛觉
得，即使在最甜美的春日也从未感受过温和。在
我们中间，恐怕只有几个有信念的人感觉到它。
也许它可以渐渐渗透一切生命境况，使之变得透
明，但是，要说经验这种最丰富最福乐的温和，
人类就连开头的几步也没有迈出——除了在人类
最天真的远古，那时的秘密已几乎湮灭。我深信，
所谓"透露秘密"从来空无内容，除非授人一把
"钥匙"，这把钥匙允许不带否定地读"死亡"一
词；像月球一样，生命肯定也有始终背向我们的
一面，不是生命的对立面，而是对生命的补充，

使之至臻完美，变成全数，变成真实、福乐和圆全的存在之域与存在之球。

人们不应该担心：我们的力量不足以承受任何一种死亡经验，不管是最亲近的，还是最可怕的；死并未超逾我们的力量，而是容器边缘的界线：每当我们达及此线，我们就完满了，而完满（对我们）意味着沉重……这便是一切。——我不是想说，人们应该爱死亡；可是，人们应该宽怀大量地、没有算计和选择地热爱生命，以至于无意之中，人们经常将死亡（生命背面的一半）一同包括在内，一同爱它——在爱的不可抑止、不可限定的宏大运动中，这种情况每次也实际发生着！只因我们在一种仓促的考虑中排除了死亡，它才日益变成了陌生物，既然我们一直把它当成陌生物，它就成了一个敌对物。

或可想象，它其实离我们更近，绝对甚于生命本身……对此我们又知道什么？！我们的努力（这些年来我对此认识越来越清楚，我的工作也许只还有一个意义和使命，那就是越来越公正和独立地……也许越发先知般的，如果听起来不是太自负……为这种常常突然征服我的认识提供见证）……我们的努力，我认为，只能朝着这个方向，即以生与死的统一为前提，以便这种统一逐渐得到证实。抱着像我们这样拒斥死亡的成见，我们无法将死亡从种种歪曲中解脱出来……您只需相信，亲爱的最仁慈的伯爵夫人，死亡是个朋友，我们至深的，也许唯一从不、从不因我们的态度和犹疑而动摇的朋友……这一点，不言而喻，不是取那种感伤-浪漫派的意义，即否弃生命，与生命对立，而是死亡作为我们的朋友，恰恰以此为条件：我们狂热之极、震撼至深地赞许此间的存在、有为、自然、爱……生命总是同时说：是和否。而它，死亡（我恳求您相信我的话！）乃是真正的说是者。它只说：是。在永恒面前。

　　想一想那棵"睡眠之树"吧。是的，多么美好——我此时突然想起它。再想想所有那些小小的图画和那些书信——那时，怀着少女天真的信赖，您怎样不断认识并肯定了世界之中的二者：睡的与醒的，光明的与黑暗的，声音与沉默……在场的与不在场的。所有这些表面的对立，在某

处，在某一点交合，在某个位置欢唱它们婚礼的
颂歌——而这个位置——暂且——是我们的心！

永远忠实于您的

里尔克

18. 致玛戈·西佐-诺里斯-克鲁伊伯爵夫人

瓦莱，谢尔上部穆佐小城堡

1923年6月1日

尊敬的亲爱的最仁慈的伯爵夫人：

  自那个复活节以来（阿尔玛·穆迪的伟大音
乐为之增添了光彩），穆佐来访频繁；客人们到来、
停留又离去，这番景象真是从未有过——我不仅
要接待城堡的宾客，此事很快就完成了，尤其还
得展示瓦莱（鲜为人知），就其壮丽的风光而言，
它应该给每一位客人留下一种特殊和非凡的印
象。直到星期一我才又独自一人，眼下最愉快的
事情就是平静和详细地给您写信：您真诚的来信
为此提供了许多美好的诱因！昨天突然插进来一
件急事，虽然有些要务在身，但我必须立即赶往
苏黎世（还可能去伯尔尼），本周星期三启程，所

以我只来得及寄出 P. 比贝斯科的《伊斯福尔》
(Isvor)，是我的藏书。您切莫责怪，阅读时我在
书上留下许多字迹，有些会让您感到愉快，其他
的只是强调我目前的（常常如此喜悦和予以估价
的）接受方式。

　　虽然恰恰在这个时刻——不曾料到要求我做
一次短期旅行——我清楚地察觉并忍受着自己日
益增长的、已近乎可耻的惰性，虽然在这件事情
上我察觉并忍受着我自战争以来养成的慢性子（从
前不是这样！），就是说几乎无法想象我能迅速和
轻易地采取更重大的举动，越过瑞士的边界——虽
然这一切都是事实：可是我十分乐意地请求您保
留我这两卷《伊斯福尔》，直到哪一天我可以自己
从阿达摩斯取回它们。那"敞开的大门"给我留
下了许多欢乐和印象！

　　此时我压根不想就十四行诗为您写许多"解
释"（原因并不在于今天我得时时瞧着钟点），以
便有朝一日我在您身边翻书朗读之时，还有些事
情可做。况且您真的也已经贴近最完全的接受：
您写给我的那句话——诗歌在其中发生的那个

"更高的领域"的确证实自己是与本质最亲近、最邻近、即已被遗忘但最亲密的领域……这种见解是俄耳甫斯十四行诗①问世以来，人们对我谈及该组诗时最赞同和最美好的表达。同这种感觉相比，有些细微之处拿不准又算得了什么！诗中确实常常涉及最难的事体，以及在恰恰还可以言说之物的"边沿地带"被证实的事体，有时候我自己也在竭力寻求那种意义，它利用我，以便以人的方式（menschlich）获得承认，还有个别地方，我也只是在个别神恩降临的时刻才能领悟。

在《致狗》一诗中，"我主之手"指的是神之手；这里的神即"俄耳甫斯"。诗人想引来这只手，好让它——由于狗的无限的分担和牺牲——也为狗祝福，几乎像以扫一样，狗披上自己的皮毛，也只是为了在自己心中分有一份对它并不相宜的遗产：兼具苦难与幸福的整个人的存在。

所以您瞧，您想得太远了，超出了这首诗的范围，如果您认为，必须借助于灵魂游荡的想法，但这种意义上的灵魂游荡对于我是陌生的。我相信，在致俄耳甫斯的十四行诗中，没有一首诗——当然

① 即里尔克的代表作《致俄耳甫斯的十四行诗》。——译注

常常以他那些最隐蔽的名称——暗指组诗中没有完全写出的某个事体。对我的信念而言，也许是"影射"的任何东西皆与诗的不可描述的此在相矛盾。所以在独角兽身上，也并未连带点出基督之譬喻；而是只有对未曾证实、不可把握之物的一切爱，只有一切信仰——针对我们的心灵历经数千载从自身之中所创造所颂扬的那种事物的价值和真实——可能在独角兽身上受到赞美。我这种态度也决定了我对比贝斯科的著作所持的高度评价……事实上，传统越是在外部被割裂和被掐断，对于我们这就越具有决定意义：我们是否始终有能力对人类最久远最隐秘的传统保持敞开并加以传导。致俄耳甫斯的十四行诗——我对它的理解越来越深——正是在最后的顺从中沿这个深沉的方向做出的努力……

独角兽具有在中世纪一直备受推崇的一切贞节含义：据说它（对于凡夫俗子是非存在物）一旦出现，它就在处女为它捧出的"银镜"中（见15世纪的壁毯），也在"她心中"，亦如在第二个同样纯净、同样隐秘的镜子中。

有人来取行李——我必须停笔了，尊敬的伯

爵夫人，但愿您原谅我行笔匆匆。

代我问候阿达摩斯的公园和花园。我始终衷心地倾慕并信赖您的善良和友谊。

您的

里尔克

19. 致赫尔曼·庞斯

瑞士（瓦莱），谢尔上部穆佐小城堡

1924年10月21日

……我有幸在那几年遇见罗丹，那时我已成熟，可以做出内心的决断，另一方面，即对他而言，这个时刻已经来临：把他的艺术经验无拘无束地运用于一切可经历的事物。在此发生的与人们在托尔斯泰那里所观察到的恰恰相反：一个人完全而确凿地肯定了他的创作天赋的内在使命，无限的神圣的游戏，于是凭藉在那里获得的认识，他不只占有他的艺术；一度给人以这种感觉，仿佛他一直未能——双手被捆在工作上——抓住的一切，后来竟出于自己的意愿委身于他……不仅对旨在至高者的艺术家，而且对普通的手艺人，可能情况都一样，一旦他咬开了他的手艺的硬核：在他特有的成就之内达到的强度，使他（可以说自动）获得了与同种强度相吻合的现有和过去的一切。手艺人神奇的智慧（正渐渐丧失），牧人开阔的心胸皆源出于此……

现在（我们并未离题太远）是一个艰难的尝试——正确地评价您关于"富"与"贫"的独特思考。我没有完全弄懂您信中的措辞，大概原因在于我没有找到您的出发点，所以只能半道插入您的思想，但不知道它启程于何处。如果它出自"群体"（das Soziale）这个概念——看来如此——现在就可以肯定，将我的某种探求归入此范畴或许不甚妥当。某种人类共同的意识，某种兄弟般的情谊对我当然是不由自主的，而且肯定原本在我的本性之中，否则，在堪称典范的俄国的影响下这种特性显露出来，大概也不会如此亲切地深深打动我。正如我们今天所理解的，这样快乐而自然地关注群体，绝不能与此混为一谈，即对改变或（如人们所言）改善某个人的处境毫无兴趣，甚至反感。一个人在世间的处境大概对他的心灵不是没有某种特别的益处……我必须承认，当我

被迫关心他人的命运时，我总觉得尤其重要和紧
迫的是：帮助灰心失意的人认清造成困境的特殊
的自身条件，每次这样做，与其说是一种安慰，
不如说对他是一种（起初不明显的）丰富。在我
看来，若是指望共同的努力（顺便说这是骗人的！）
居然有此能耐，按一种模式减轻或消除悲苦，无
非是添乱，这会比困难本身更严重地妨害别人的
自由，其实谁把自己托付给困境，困境就会给予
他难以置信的抚慰和近乎温柔的指导，该如何摆
脱它，如果向外不行，则须向内。要改善一个人
的处境，前提是深入了解他的情况，这连诗人也
根本做不到，即或对他自己虚构的人物。更何况
一个绝对被排除在外的帮助者，捐赠之后他便完
全心不在焉。要想改变或改善一个人的处境，不
过意味着在他已熟悉和经受的困难之上，再增添
也许是他更加无奈的其他困难。从前我若是能以
我的心作模子来浇铸侏儒或乞丐的想象中的声
音，那么，该铸件的金属绝不是取自这一愿望，
侏儒或乞丐不再过得那么艰难；倒是相反，只有
通过赞美他们无可比拟的命运，毅然转向他们的
诗人才能是真实的、彻底的，他一定只是最害怕

和拒斥一个被纠正的世界，在那里侏儒被拉长了，乞丐变成了富翁。圆全之神关心的是，这种多样性不要消失，诗人也喜欢这种受苦的繁多，如果定要将其视为一种美学的遁词，这也许是最肤浅的看法。因此，我对我的诗——涉及"富"与"贫"的概念——有绝对的要求，必须保持艺术表现的合理的中立，不管别人怎样谴责我逃避，我的良心却是清白的。利用穷人斗富人以谋取私利，或者声明更坚定地拥护其中一方，绝不可能是我的意图。但也可能交给了我这个任务，某个时候以其最纯粹的标准来衡量贫富，因为难道不该——这里又遇上了——有此结局，人们赞美二者，如果真正认识了二者。

在一个企图使神灵销声匿迹的世界，那种对人性的过高估价必然乘虚而入，但它从人的援助那里所期望的，后者并不能给予。神的善良与神的严酷难以置信地连在一起，因此，一个时代赶在天命之前分发善良，同时也将贮存的最古老的残暴撒向人间（我们已有所经历）……

20. 致玛戈·西佐-诺里斯-克鲁伊伯爵夫人

瑞士，（瓦莱）谢尔上部穆佐小城堡

1925年11月12日

……我正在经受——并不怎么清楚问题出在哪里（因为我其实没生病，虽然一直难受）——一场难以解释的内心危机，跟从前那些危机一样，它们也许会迫使另一个人当真去结交朋友，因为人们的确很喜欢彼此寻求放松，尤其是寻求那种欺骗，人们称之为"散心"，对于某种可怕的、相当绝望的身心状态倒是个适宜的名字，可是对我而言，"散心"根本不能证明自己大有裨益。任何身体不适和内心障碍也许都给我一种动力，使我隐藏自己，潜入蛰居，我总是在动物那里很好地领会到这种动力，它们定会避开生活，避开怀着欢乐轻松奔走的同伴，一旦它们自己不能一同游乐。就是说，一个月以来我就这样蜗居在穆佐，有时候感觉活得很沉重，但终究不比大多数人更沉重，他们不得不驮负一种贫困、一种恐惧，要么是自己的，要么是满怀忧愁的他人的……啊，人们经受着这种总在某处、如此无名的确定境况，可是任何名称对此却又何其模糊！

　　够了这个话题，最尊敬的伯爵夫人；我托人从拉加茨（九月的最后几天我在此小驻，做一次延迟的、太迟的疗养）给您寄来德佩斯基杜先生那本美好的书，当时没有想到，迟至今日才为此补上一番解释的话语。在此期间，我想，您已经读过《理智的砝码》，我不能想象，阅读时欢乐和感动不曾伴随您，您不曾对这些简朴真实的书页产生共鸣，我还乐意获知，这种同情与我阅读此书（在拉加茨疗养地公园古老的大树下）而在心中萌生的感觉是相当接近的。与这类传统衔接起来，守护它们，在这些几乎匿名的生命表达中认识自己：还有什么更可靠、更纯粹、更真挚、更有价值吗？多亏《理智的砝码》，我再次明白了我多么缺少这个，与一片祖传的土地的这种联系，在那里人们感觉到，祖先的作为和喜好已被自然所接受，并且在一定程度上被认可，因此依然在生长和延续，在那里，他们的坟墓本身仅仅意味着一种更深的吸收和亲缘，对那片亲密宁静的土地的一种最终的肯定……我的曾祖父年轻时没有继承任何遗产，财产早已荡然无存，当他获得那块美丽而宽阔的地方——菩提树边的卡梅尼茨之时，他一定进入了那片自然的最深沉最古老的意识，感受到自己周围可以触及的使命、可以触及的可爱的关联，他可能满怀希望，以此使这个断了根的家族再度繁荣，使它的未来变得坚实。这一切竟然不如他命长！……

　　……直至今日我依然坚信不疑：巴黎就是风景，就连内心深处的巴黎也是风景，而且头上不只有一个城市的天空（一个顶替的天空），而是还有那些荣耀的世界——天空，最自由、最敞开的天空，圣人路德维希和圣女贞德的天空，在光明中那么活泼、关切和甜美，在风中醒着，充满灵感的天空，光荣和回忆的天空，胜利的天空，再没有哪座城市能以这样的天空作见证。花园多么绚丽，一如往昔（我当时住在永不枯竭的卢森堡宫对面！），环绕圣-苏尔皮斯教堂的小巷仍像从前那样富有中世纪意大利情调，一个个码头令人心旷神怡。但是生活已经变了，那里也一样，当然是更昂贵和更贫乏，荒唐的是过马路都有危险，人们再也不能像往常一样自由漫步，或随便以哪种方式去郊游，只要离开人行道，行人每天真的有二十至一百次被判处死刑，随后他总是在最后一刻才靠城市警察获得暂时的赦免。我曾经从那里写信告诉您，我看见许许多多的人脱出危险——凡是还可以拉一把的，我真的几乎个个都拉了一把——发现所有的人都那样不安，如像我自己，那样和气，那样健忘，那样忙碌，主要忙于使自己游手好闲……

卷四　特拉克尔

特拉克尔（1887—1914）

　　奥地利诗人。代表作有诗集《诗篇》
(1913)、《梦中的塞巴斯蒂安》(1915)。

　　特拉克尔是德语诗歌的"黑暗诗人"，与
里尔克、保尔·策兰一同鼎起 20 世纪德语诗
歌的辉煌。他英年早逝，然而却留下了不少
动人的诗篇，在世界文坛上产生了非常重大
的影响。

梦中的塞巴斯蒂安（组诗）

童年

接骨木果实累累；宁静的童年一度
栖居在蓝色的洞穴。沉寂的树枝
思念着逝去的小径，如今野草枯黄，
一片萧瑟；树叶的沙沙声。

难以分辨，当蓝泉潺潺流过山间。
乌鸫鸟婉转哀鸣。一个牧人
无言地追随秋山沉坠的夕阳。

一个蓝色的瞬间更赋有灵性。
一只畏怯的兽出现在树林边，山谷里
安息着古老的钟声和幽暗的村庄。

你更虔诚地悟出昏暗岁月的意义，
寂寞房间里的清凉和秋天；
圣洁的蓝光里闪亮的跫音渐渐远去。

敞开的窗门微微响动；
山岗墓园的残景催人泪下，
追忆孩提时的传说；但有时心灵豁然开朗，
想起快乐的人们，暗金色的春日。

时辰之歌

恋人以昏暗的目光互相观望，
闪耀的金发恋人。凝视的幽暗里
期盼的手臂纤细地互相缠绕。

受祝福者嘴已呈紫色破裂。圆圆的眼睛
映出春天午后的暗淡金辉，
树林的边缘和黑晕，绿原傍晚的恐惧；
或不可言喻的鸟的飞翔，尚未出生者的
小径沿幽暗的村庄和孤独的夏天远去，

一只逝兽偶尔踱出衰竭的蓝光。

黄色的麦浪轻轻拂过田野。
严酷的生活，农夫坚韧地挥动长镰，
木匠嵌合沉重的房梁。

紫色染上了秋天的树叶；僧侣之魂
晃过欢庆的日子；葡萄熟了，
宽敞的庭院喜气洋洋。
淡黄的果实愈加香甜；轻轻飘来
快乐者的笑声，阴凉酒家的舞曲；
暮色花园里逝去男童的跫音和岑寂。

途　中

人们在傍晚把陌生人抬进停尸房；
一股沥青的气味；红色梧桐轻轻吹动；
寒鸦阴郁的飞翔；广场上哨兵换岗。
太阳沉入黑色的亚麻布；这逝去的傍晚天天复返。
妹妹在隔壁弹奏舒伯特的小夜曲。

她的笑声悄悄沉入凋敝的井泉，
暮色里蓝潺潺的井泉。哦，我们苍老的种族。
有人在下面花园絮语；有人从这夜空离去。
橱柜上苹果飘香。祖母点燃金色的蜡烛。

哦，多么柔和的秋天。我们悄悄漫步在古老的公园，
高高的树下。哦，黄昏风信子般的面容多么严峻。
蓝泉在你脚下，你嘴唇的寂静殷红如谜，
被树叶的沉睡，垂暮葵花的暗淡金辉蒙上了阴影。
你的眼睑因罂粟而沉重，在我的前额悄悄梦幻。
轻柔的钟声穿透肺腑。一朵蓝色的云
你的面孔随夜幕降临我身上。

一支吉他曲在一个陌生的小酒店响起，
那里野性的接骨木树丛，十一月的一天
早已过去，暮沉沉的楼梯上熟悉的脚步，
棕色柱顶盘的形影，一扇敞开的窗门，
那里曾留下一个甜美的希望——
这一切难以言喻，哦，上帝，令人震颤跪倒。

哦，今夜多么昏暗。一朵紫色的火焰
早已在我的嘴边熄灭。寂静之中
惊惧的灵魂那孤独的琴声渐渐消失。
放弃吧，当醉醺醺的头颅沉入泥淖。

风　　景（第二稿）

九月的黄昏；牧人阴沉的呼唤苍凉穿过
日暮的村庄；铁匠铺火花四溅。
黑马猛然腾立；少女风信子般的鬈发
追逐它紫色鼻翼的情欲。
牝鹿的叫声悄悄凝固在树林的边缘，
秋天的黄花无言俯向
池塘蓝色的面孔。一棵树葬身于
红色的火焰；蝙蝠以阴暗的面目拍翅惊飞。

致男童埃利斯

埃利斯，当乌鸫鸟在黑树林啼唤的时候，
这就是你的末日。

你的嘴唇啜饮蓝色岩泉的清冽。

且忘掉，若你的前额悄悄流血
古老的传说
和飞鸟的神秘释义。

但你以轻柔的步容走进夜里
挂满紫色的葡萄，
你在蓝光里更美地舒展手臂。

一片刺丛沉吟，
在你朦胧的目光停留的地方。
哦，你已逝去多久，埃利斯。

你的肉体是一株风信子，
一位僧侣将蜡样的手指浸入其中。
黑色的洞穴是我们的沉默。

偶尔有温和的兽由此踱出，
缓缓垂下沉重的眼帘。

黑色的露珠滴入你的长眠，[①]

陨星最后的闪耀。

埃 利 斯（第三稿）

1

这金色日子的寂静完美无缺。

在古老的橡树下

出现了你的身影，埃利斯，圆眼睛的安息者。

蓝色的目光映着情人的沉睡。

在你的嘴边

她蔷薇色的叹息早已喑哑。

渔夫在傍晚收拢沉重的网。

善良的牧人

沿树林驱赶他的牧群。

---

① 此句谐音双关，"长眠"（Schlaf）与"太阳穴"（Schläfe）音
  形相似，字面的意思是：露珠滴落到你的太阳穴上，故有后
  面的"闪耀"。这个意象在诗中多次出现。——译注。

哦，埃利斯，你所有的日子多么纯正。

光秃秃的墙边
橄榄树蓝色的寂静悄悄沉坠，
一位老人昏暗的歌声渐渐止息。

一只金色的小船
在寂寥的天空摇荡着你的心，埃利斯。

2
柔和的钟声回荡在埃利斯的胸间
在傍晚，
他的头正沉入黑色的衾枕。

一只蓝色的兽
在刺丛里暗自泣血。

一棵褐色的树子子独立；
蓝色的果实早已坠落。

征兆和星星
悄悄沉入傍晚的池塘。

山后的冬天已经来临。

蓝色的鸽子
夜里啜饮冰凉的汗珠，
从埃利斯晶莹的前额渗出。

黑色的墙边
上帝寂寥的风声不绝如缕。

霍 亨 堡（第二稿）

无人的家园。秋天留守房间；
向晚树林边
梦醒时分月色小夜曲。

你时刻思念着人的白色形象
远离时代的喧嚣；

绿枝，黄昏和十字架

喜欢垂顾梦幻的兽；
歌者的星辰爬上空宅的窗棂，
用紫色的手臂拥抱他。

于是陌生人在昏暗中战栗，
那一刻，他的目光悄悄投向
遥远的人的形象；穿堂风的银色声音。

梦中的塞巴斯蒂安

——献给 A·洛斯

1

母亲背着孩子在白色的月光里，
在胡桃树和古老接骨木的阴影里，
沉醉罂粟，沉醉于乌鸫的哀鸣；
默默地
一张胡子脸怜悯地俯向她

悄悄在昏暗的窗前；祖祖辈辈的
老家当
已经朽坏；爱情与秋天的梦幻。

年的那一天于是黯淡，忧伤的童年，
当男童悄悄趟入清冽的湖水，银色的鱼，
安息与面孔；
那一刻，他木然迎向疯狂的黑马，
阴森的夜里他的命星临照头顶；

或者当他牵着母亲冰凉的手
在傍晚穿过圣彼得秋天的墓园，
柔软的尸体默默躺在幽暗的墓穴，
那人冷眼注视着他。

可他是一只枯枝里的小鸟，
十一月的晚钟久久回荡，
父亲的沉默，当他在梦中走下暮沉沉的旋梯。

2

灵魂的安宁。寂寞的冬日黄昏，
古老的湖畔牧人昏暗的身影；
草棚里的孩子；哦，那张脸
在黑色的迷狂中悄悄沉失。
神圣的夜。

或者当他牵着父亲坚硬的手
默默爬上幽暗的各各他，
在朦胧的壁龛中
人的蓝色形象穿过那座山的传说，
从心下的伤口流出紫色的血。
哦，十字架在昏暗的灵魂里悄悄站起。

爱；那一刻雪融于黑色的角落，
一丝蓝风欣喜地吹拂古老的接骨木
和胡桃树的拱影；
男童蔷薇色的天使悄悄莅临。

欢乐；那一刻小夜曲在清凉的房间响起，
棕色的柱顶盘上
银色的蛹化为一只蓝蝴蝶。

哦，死亡的临近。石墙里
垂下黄色的头颅，孩子默默无语，
当月亮凋残在那个三月。

3
黑夜的墓拱里蔷薇色的复活节钟声
和星星的银色声音，
昏暗的癫狂终于震颤坠离长眠者的前额。

哦，静静走下蓝色的河流
想起遗忘之物，在绿树枝头
乌鸫鸟曾将一个异物唤入沉沦。

或者当他牵着老人枯槁的手
在傍晚走近坍塌的城墙，
那人黑袍里抱着一个蔷薇色的婴儿，

恶魔出现在胡桃树的阴影里。

在摸索中越过夏天绿色的台阶。
哦，秋天褐色的寂静里花园悄悄凋敝，
古老接骨木的芬芳和忧郁，
那一刻，天使的银色声音
渐渐消失在塞巴斯蒂安的影子里。

沼 泽 地（第三稿）

黑风中的流浪者；干枯的芦苇瑟瑟絮语，
沼泽的静寂。灰色的天空
又一行野鸟飞过；
横渡黯淡水泊。

骚动。废弃的茅棚
腐烂正扇动黑色的翅膀；
扭曲的桦树随风呻吟。

寂寞酒肆的黄昏。吃草的牧群淡淡的愁绪

笼罩着回家的路，
夜的景象：蟾蜍冒出银色的水洼。

春　季

雪曾悄悄坠离昏暗的步履，
树荫下恋人
正撩起蔷薇色的眼帘。

夜和星星始终追随着船夫
阴郁的号子；
桨合着节拍轻击水面。

倾圮的墙边紫罗兰
就要盛开，
孤独者的长眠静静地抽绿。

兰斯的傍晚（第二稿）

沿泛黄的麦捆漫步

穿过暮沉沉的夏天。新漆的门拱下，
燕子穿梭，我们畅饮烈酒。

美呀：忧郁和紫色的酣笑。
如今傍晚和绿草幽暗的气味
一阵阵凉彻我们灼热的前额。

银色的水漫过树林的梯坎
和黑夜，无言地漫过被遗忘的生活。
朋友；繁茂的小径引入村庄。

僧　山（第二稿）

荒芜的小径在秋天榆树的阴影里沉降，
远离树叶的寮棚，沉睡的牧人，
昏暗的清凉身影始终随流浪者

越过嶙峋的山道，男童风信子般的声音，
悄悄诉说被遗忘的森林神话，
一只病兽此刻更柔情地诉说

哥哥愤懑的哀怨。因为稀疏的绿草触及
陌生者的膝盖，石化的头颅；
渐近的蓝泉发出女人的哀怨。

卡斯珀尔·豪斯之歌

——献给 B. 洛斯

他确实爱那紫烟中落山的夕阳，
林中的小路，歌唱的黑鸟
和那片芳草萋萋。

他树荫下的栖居毫不做作，
他的容貌纯真。
上帝将柔情的火焰判给他的心：
啊，人！

他的脚步悄悄引他到傍晚的都市；
他嘴里的阴森怨诉：

我要做一个骑士。
可是他身后紧随着丛林和野兽，
白色人的家乡和暮园，
他的刽子手搜寻着他。

春来夏去，义人的秋天清丽，
他轻轻的脚步
绕过梦幻者昏暗的房间。
夜里他独守他的星辰。

看雪花飘落枯枝，
刽子手的影子印在朦胧的穿廊。
尚未出世者的头颅银闪闪沉坠。

夜

我眼睛的蓝光已在此夜熄灭，
我红心的金辉。哦！光静静燃烧。
你蓝色的大氅笼罩了沉沦者；
你红色的嘴注定了朋友的癫狂。

恶之转化（第二稿）

秋天：树林边黑色的行进；哑寂的毁灭时刻；光秃秃的树下麻风病人的前额仰天聆听。早已逝去的傍晚此刻越过沼泽地的台阶沉下去；十一月。一阵钟声响起，牧人把黑红色的马群引入村庄。绿色的猎人在榛子树下掏取一只兽的内脏。他的双手血气腾腾，野兽的影子呻吟在男人眼睛上空的树叶之间，褐色和沉默；树林。乌鸦飞散；三只。它们的飞翔像一支小夜曲，满载逝去的和弦与男人的忧郁；一朵金色的云彩悄悄消散。男童们在磨坊侧畔点燃一堆篝火。火焰是最苍白者的兄弟，那人在笑声中葬身于他紫色的发间；或者这是一个谋杀之地，一条多石的道路从旁边绕过。小檗已荡然无存，梦儿长年萦绕在赤松林铅重的空气之中；一个溺水者的恐惧，绿色昏暗、流水汩汩：渔夫从星星的池塘拖出一条黑色的大鱼，面目残暴而迷乱。红色的小船上，那人把背后芦苇和愤懑男人的声音荡过冻冰的秋水，生存在他的种族昏暗的神话里，冷眼注视黑夜和处女的惊悸。恶。

　　是什么迫使你默默站在朽坏的楼梯上，在你祖宗的家里？铅重的黑暗。你用银色的手把什么举到眼前，眼帘垂下像罂粟的沉醉？可是你望穿石墙看见星空，银河，土星；红红的。光秃秃的树疯狂叩击石墙。你在朽坏的阶梯上：树、星、石！你，一只蓝色的兽，悄悄战栗；你，苍白的祭司，在黑色的祭坛旁屠宰那只蓝兽。哦，你昏暗中的微笑，悲怆而凶恶，令一个酣睡的童子脸色苍白。从你的手掌曾经窜出一朵红色的火焰，一只夜蛾葬身在火里。哦，光的芦笛；哦，死的芦笛。是什么曾经迫使你默默站在朽坏的楼梯上，在你祖宗的家里？此刻一位天使用晶莹的手指在下面敲门。

　　哦，长眠之地狱；昏暗的巷道，褐色的花园。死者的身影悄悄沉吟在蓝色的傍晚。绿色的小花翩翩环绕她，她已被自己的面孔遗弃。或者在穿廊的暗处，逝去的面孔俯向凶手冰冷的前额；倾慕，紫色的欲火；渐渐死去，沉睡者早已越过黑色的阶梯坠入黑暗。

　　有人已在十字路口离弃你而你久久回望。银色的跫音在扭曲的苹果树的阴影里。黑色的树枝

里果实闪闪发紫，蛇在草丛蜕皮。哦！昏暗；汗
珠沁出冰凉的前额，忧伤的梦幻在葡萄酒中，在
乡村酒店里，在被烟雾熏黑的柱顶盘下。你，蛮
荒如故，这蛮荒从棕色的烟草云中变幻出玫瑰色
的岛屿，从一个伯爵的肺腑中掏出野性的呼唤。
当他追逐黑色的礁石在海里，在风暴和冰雪里。
你，一块绿色的金属，里面藏着一张火热的脸，
它欲离去，它欲从骨质的山岗歌唱幽暗的远古和
天使燃烧的陨落。哦！绝望随哑寂的呼唤跪倒。

　　一个死者造访你。心中流出兀自倾洒的鲜血，黑
色的眉间巢居着难言的时刻；昏暗的相遇，你——紫
色的月亮，当那人出现在橄榄树的绿荫里。他身
后紧随着永不消逝的夜。

死亡七唱（组诗）

安息与沉默

牧人曾经在光秃秃的树林

埋葬落日。
渔夫用渔网打捞冰湖的月亮。

蓝色的水晶里
住着苍白的人，脸贴着他的星辰；
或者垂首在紫色的睡梦里。

但群鸟的黑色飞翔始终触动着
观望者，蓝花的圣洁，
思念着被遗忘之物的静寂，陨灭的天使。

在朦胧的岩石里前额再度入夜；
一位神采奕奕的少年
妹妹出现在秋天和黑色的腐烂里。

阿尼芙

追忆：海鸥滑过男性的忧郁
那昏暗的天空。
你静卧在秋天椴树的阴影里，
沉湎于山岗的法度。

你总是在傍晚的时候，
走下绿色的河流，
沉吟的爱；平静地遇上昏暗的兽

一个蔷薇色的人。沉醉于淡蓝的气息
前额触动垂死的树叶，
想起母亲严峻的面孔；
哦，一切沉入黑暗。

尊严的房间和祖辈陈旧的家当。
陌生者心胸为之震撼。
哦，征兆和星星。

投生者负罪累累。痛苦呀，死亡金色的
战栗，
那一刻，灵魂梦幻更清凉的花。

枯枝间夜鸟的长鸣覆盖了
朦胧者的跫音，
冰寒的风刮过村庄的墙垣。

诞　生

阴沉沉的群山，沉默和雪。
红色的猎物奔出树林；
哦，野兽苔藓般的目光。

母亲的寂静；当寒冷的月亮
渐渐沉坠，黑色的枞树下
沉睡的手掌终于张开。

哦，人的诞生。夜茫茫，
山谷蓝泉潺潺；一声叹息
陨落的天使窥视着他的形象，

苍白的婴儿在霉烂的斗室醒来。
两个月亮
僵硬的老妪目光如炬。

产妇痛苦的嘶叫。夜以黑色的翅膀

滑过男婴的太阳穴，
雪从紫色的云层悄悄降下。

没　落（第五稿）

——致 K. B. 海因里希

那一群野鸟
已远远飞越白色的池塘。
傍晚从我们的星辰刮来冰寒的风。

以破碎的前额
夜垂向我们的坟墓。
橡树下我们随银色的小船飘摇。

都市的白墙震鸣不绝。
在带刺的穹窿下
哦，我的弟兄，盲目的时针我们爬向子夜。

致一位早逝者

哦，黑色的天使悄悄步出树心，

那时我们是柔情的伴侣，
在傍晚，在蓝泉侧畔。
沉静的步履，褐色清秋里的圆眼睛，
哦，星星紫色的温馨。

可是他走下僧山的石阶，
脸上一丝蓝色的微笑，奇异地蜕入
更寂静的童年并死去；
朋友银色的面孔留在花园，
在树上或古老的岩石里聆听。

灵魂歌唱死亡，肉体绿色的腐烂，
那是树林的喧嚣，
野兽迷狂的悲鸣。
日暮的塔楼一再响起蓝色的晚钟。

时辰到了，他看见紫色阳光里的阴影，
枯枝间朽坏的阴影；
傍晚，乌鸫在暮沉沉的墙垣歌吟，
早逝者的幽灵在房中显现，悄无声息。

哦，鲜血涌出歌者的咽喉，
蓝花；哦，火热的泪水
洒入夜里。

金色的云彩和时光。寂寞的小屋，
你时常邀死者做客，
榆树下娓娓絮语，沿绿水漫步而下。

灵性的暮霭（第二稿）

一只昏暗的兽默默相遇
在树林边；
晚风悄然止于山麓

乌鸫的哀鸣渐渐喑哑，
秋天柔和的笛声
偃息在芦管里。

沉醉罂粟，
你乘乌云飘过
朦胧的湖泊

飘过星空。
妹妹清幽的声音一再
穿过灵性的夜。

澄　　明

傍晚来临的时候，
一张蓝色的面孔悄悄离你而去。
一只小鸟在罗望子树上歌吟。

一位和详的僧侣
蜷曲死去的手掌。
一位白色的天使拜访圣母。

一个朦胧的花圈
扎满紫罗兰、麦穗和紫色的葡萄，
这是观望者之年。

死者的坟墓

为你的脚敞开，
当你把前额埋入银色的手掌。

秋天的月亮
静卧在你的嘴边，
昏暗的歌声醉于罂粟。

一枝蓝花
在风化的山岩里悄声沉吟。

焚　风

风中盲目的哀怨，朦胧的冬日，
童年，跫音悄悄消失在黑色的灌木丛，
悠悠的晚钟。
白夜悄然而至

将坎坷人生的痛苦和忧患
化为紫色的梦，
苦难的毒钩便永远留在腐烂的肉体。
惊悸的灵魂在睡梦中深深叹息

风在摧折的树上深深叹息，
母亲哀怨的形象
晃过孤独的树林

这片沉默的悲伤，夜，
满是眼泪，愤怒的天使。
童子的骨骼在光秃秃的墙垣银闪闪粉碎。

流 浪 者（第二稿）

白夜长倚山岗，
银色的声音里白杨树伸向夜空，
那里有星星和宝石。

沉睡的小桥横卧山涧，
一张憔悴的脸，残月伴随着男童
在蔷薇色的山谷。

远离歌颂的牧人。古老的岩石里

蟾蜍以晶莹的眼睛张望，
花期的风醒了，死亡族的鸟鸣和跫音
在树林里悄悄绿了。

于是想起树和兽。缓慢的青苔石阶；
而月亮
闪闪沉入忧伤的池塘。

男童归来了，漫步在绿色的岸边，
随黑色的小舟漂过衰落的都市。

卡尔·克劳斯

真理的白色大祭司，
晶莹的歌声里栖息着上帝冰凉的呼吸，
愤怒的巫师，
武士蓝色的铠甲在燃烧的大氅下铿锵震鸣。

致 沉 寂 者

哦，大都市的癫狂，傍晚的时候

畸形的树守望在黑色的墙垣，
恶魔从银色的面罩向外窥探；
冷漠的夜以磁鞭驱逐光明。
哦，沉坠的晚钟。

冰凉的颤栗，妓女分娩死婴。
上帝的愤怒狂鞭痴迷者的前额，
紫色的瘟疫，撕裂绿眼的饥饿。
哦，黄金恐怖的笑声。

但更沉寂的人类在昏暗的洞穴默默流血，
坚硬的金属镶嵌成拯救的头颅。

基 督 受 难（第三稿）

当俄耳甫斯奏出银色的乐章，
哀悼一只暮园的死兽，
巨树下的安息者，你是谁？
秋天的芦苇瑟瑟哀怨，
蓝色的池塘，
在抽绿的树下死去

追随妹妹的影子；
阴暗的爱情
属于一个野蛮的种族，
白日乘金轮喧然离它而去。
沉静的夜。

阴沉沉的枞树下
两只狼曾以僵硬的拥抱
混合它们的血液；一只金色的兽
云彩早已失落在小桥的上空，
童年的忍耐和沉默。
柔软的尸体在海神的湖畔
再度相遇
沉睡在自己风信子般的长发里。
愿清凉的头颅最终粉碎！

因为一只蓝兽，暮沉沉的
树下的张望者，始终追随着——
这些更昏暗的小径上
醒着，被夜的谐音驱使着，
柔和的癫狂；

或者让琴声
更幽暗沉醉地鸣响
在冷漠都市那忏悔的女郎
清凉的脚边。

死 亡 七 唱

春天淡蓝的暮霭；吮吸的树下
一个暗影潜入傍晚和衰亡，
聆听乌鸫婉转的哀怨。
夜默然出现，一只泣血的兽
在山坡缓缓倒下。

湿润的风中苹果树花枝摇曳，
枝缠枝银闪闪分离，
从朦胧的目光中死去；陨落的星辰；
童年温柔的歌谣。

昭然显现，梦游人曾经走下黑树林，
山谷蓝泉潺潺，
他悄悄撩起苍白的眼帘

窥见自己雪白的面孔。

月亮从洞穴中逐出
一只红兽；
妇人们阴森的怨诉在呻吟中死去。

白色的陌生者更欣喜地
向自己的星辰祷告；
一只死兽如今默默离别衰落的家。

哦，人的腐烂的形象拼凑而成：冰冷的金属，
沉沦的树林的夜与恐惧，
野兽烧灼的荒原；
灵魂悄无声息。

梦游人已随黑色的小船漂下闪光的激流，
一片紫色的星星，
嫩绿的树枝平和地垂向他，
银色的云化为罂粟。

冬　夜

下雪了。你已醉饮紫色的葡萄酒，在午夜之后离别世人昏暗的宿地和红色的炉火。哦，黑暗！

黑色的冰冻。大地坚硬，空气苦涩。你的星星结成恶的咒符。

踏着石化的脚步你沿铁路的堤坝沉重走去，双目圆睁，像一个士兵冲向一座黑色的堡垒。前进！

苦涩的雪和月亮！

一只红色的狼正被一个天使扼杀。你的双腿嚓嚓迈动像蓝色的冰，一个忧伤和高傲的微笑把你的脸化为石头，冰冻的情欲使前额苍白；或前额默默垂向一个看守的沉睡，他早已在自己的木棚里死去。

冰冻与烟雾。星星白色的罩衫焚烧着负重的双肩，上帝的鹰撕裂你那颗金属的心。

哦，僵硬的山岗。在寂静和遗忘之中清冽的

肉体融入银色的雪。

　　黑色的沉睡。耳朵久久追随星星冰封的小径。

　　醒来的时候钟声曾经在村庄敲响。玫瑰色的
白日银闪闪地踱出东方之门。